OBERMAN.

OBERMAN.

→→●←←

LETTRES

PUBLIÉES

PAR M. .. SÉNANCOUR,

AUTEUR DE *RÉVERIES SUR LA NATURE DE L'HOMME*.....

Étudie l'homme, et non les hommes.

PYTHAGORE.

TOME PREMIER.

A PARIS,

Chez CÉRIOUX, Libraire, quai Voltaire.

DE L'IMPRIMERIE DE LA RUE DE VAUGIRARD, N.° 939.

→●←

AN XII — 1804.

TABLE.

PREMIER VOLUME.

SECOND VOLUME.

INDICATIONS.

Les chiffres, sans autre désignation, indiquent les lettres et non les pages.

Le premier volume contient quarante-six lettres et les trois fragmens.

OBSERVATIONS.

On verra dans ces lettres l'expression d'un homme qui sent, et non d'un homme qui travaille. Ce sont des mémoires très-indifférens aux étrangers, mais qui peuvent intéresser les adeptes. Plusieurs verront avec plaisir ce que l'un d'eux a senti: plusieurs ont senti de même ; il s'est trouvé que celui-ci l'a dit, ou a essayé de le dire. Mais il doit être jugé par l'ensemble de sa vie, et non par ses premières années; par toutes ses lettres, et non par tel passage ou hasardé, ou romanesque, ou peut-être faux.

De semblables lettres sans art, sans intrigue, doivent avoir mauvaise grâce hors de la société éparse et secrète dont la nature avait fait membre celui qui les écrivit. Les individus qui la

composent sont la plupart inconnus :
cette espèce de monument privé que
laisse un homme comme eux, ne peut
leur être adressé que par la voie publique, au risque d'ennuyer un grand
nombre de personnes graves, instruites,
ou aimables. Le devoir d'un éditeur
est seulement de prévenir qu'on n'y
trouve ni esprit, ni science ; que ce
n'est pas un *ouvrage* ; et que peut-
être même on dira: ce n'est pas un
livre *raisonnable.*

Nous avons beaucoup d'écrits où le
genre humain se trouve peint en quelques lignes. Si cependant ces longues
lettres faisaient à-peu-près connaître
un seul homme, elles pourraient être,
et neuves, et utiles. Il s'en faut de
beaucoup qu'elles remplissent même
cet objet borné: mais si elles ne contiennent point tout ce que l'on pourrait
attendre, elles contiennent du moins

quelque chose ; c'est assez peut-être pour les faire excuser.

Ces lettres ne sont pas un *roman**. Il n'y a point de mouvement dramatique, d'événemens préparés et conduits, point de dénouement; rien de ce qu'on appelle l'intérêt d'un ouvrage, de cette série progressive, de ces incidens, de cet aliment de la curiosité, magie de plusieurs bons écrits , et charlatanisme de plusieurs mauvais.

On y trouvera des descriptions ; de celles qui servent à mieux faire entendre les choses naturelles, et à donner des lumières, peut-être trop négligées, sur les rapports de l'homme avec ce qu'il appelle l'*inanimé.*

---

* Je suis loin d'inférer de-là qu'un bon roman ne soit pas un bon livre. De plus, outre ce que j'appellerais les véritables romans, il est des écrits agréables ou d'un vrai mérite, que l'on range communément dans cette classe, tels que *Numa, la Chaumière Ind.,* etc.

On y trouvera des passions : mais celles d'un homme qui était né pour recevoir ce qu'elles promettent, et pour n'avoir point une passion ; pour tout employer, et pour n'avoir qu'une seule fin.

On y trouvera de l'amour : mais l'amour senti d'une manière qui peut-être n'avait pas été dite.

On y trouvera des longueurs : elles peuvent être dans la nature ; le cœur est rarement précis, il n'est point dialecticien. On y trouvera des répétitions : mais si les choses sont bonnes, pourquoi éviter soigneusement d'y revenir ? Les répétitions de *Clarisse*, le désordre (et le prétendu égoïsme) de Montaigne n'ont jamais rebuté que des lecteurs seulement ingénieux. L'éloquent J. J. était souvent diffus. Celui qui écrivit ces lettres paraît n'avoir pas craint les longueurs et les écarts d'un style libre: il a écrit sa pensée. Il est vrai que J. J. avait le droit d'être un peu long: pour lui, s'il a usé de la même liberté, c'est tout simplement parce qu'il la trouvait bonne et naturelle.

On y trouvera des contradictions, du moins ce qu'on nomme souvent ainsi. Mais pourquoi serait-on choqué de voir, dans des matières incertaines, le pour et le contre dits par le même homme ? Puisqu'il faut qu'on les réunisse pour s'en approprier le sentiment, pour peser, décider, choisir, n'est-ce pas une même chose qu'ils soient dans un seul livre ou dans des livres différens ? Au contraire, exposés par le même homme, ils le sont avec une force plus égale, d'une manière plus analogue, et vous voyez mieux ce qu'il vous convient d'adopter. Nos affections, nos desirs, nos sentimens

mêmes, et jusqu'à nos opinions, changent avec les leçons des événemens ;
les occasions de la réflexion, avec l'âge,
avec tout notre être. Ne voyez-vous
pas que celui qui est si exactement
d'accord avec lui-même, vous trompe,
ou se trompe? Il a un systême; il joue
un rôle. L'homme sincère vous dit :
j'ai senti comme cela, je sens comme
ceci ; voilà mes matériaux, bâtissez
vous-même l'édifice de votre pensée.
Ce n'est pas à l'homme froid à juger
les différences des sensations humaines :
puisqu'il n'en connaît pas l'étendue,
il n'en connaît pas la versatilité. Pourquoi diverses manières de voir seraient-
elles plus étonnantes dans les divers
âges d'un même homme, et quelquefois au même moment, que dans des
hommes différens? On observe, on
cherche ; on ne décide pas. Voulez-
vous exiger que celui qui prend la ba-

lance rencontre d'abord le poids qui en fixera l'équilibre? Tout doit être d'accord sans doute dans un ouvrage exact et raisonné sur des matières positives. Mais voulez-vous que Montaigne soit vrai à la manière de Hume, et Sénèque régulier comme Bézout? Je croirais même qu'on devrait attendre autant ou plus d'oppositions entre les différens âges d'un même homme, qu'entre plusieurs hommes éclairés du même âge. C'est pour cela qu'il n'est pas bon que les législateurs soient tous des vieillards ; à moins que ce ne soit un corps d'homme vraiment choisis, et capable de suivre leurs conceptions générales et leurs souvenirs, plutôt que leur pensée présente. L'homme qui ne s'occupe que des sciences exactes, est le seul qui n'ait point à craindre d'être jamais surpris de ce qu'il a écrit dans un autre âge.

Ces lettres sont aussi inégales, aussi irrégulières dans leur style que dans le reste. Une chose seulement m'a plu ; c'est de n'y point trouver ces expressions exagérées et triviales dans lesquelles un écrivain devrait toujours voir du ridicule, ou au moins de la faiblesse*. Ces expressions ont par elles-mêmes quelque chose de vicieux, ou bien leur trop fréquent usage, en en faisant des applications fausses, altéra

---

* Le genre pastoral, le genre descriptif ont beaucoup d'expressions rebattues, dont les moins tolérables, à mon avis, sont les figures employées quelques millions de fois, et qui dès la première affaiblissaient l'objet qu'elles prétendaient agrandir. L'émail des prés, l'azur des cieux, le cristal des eaux ; les lys et les roses de son teint ; les gages de son amour ; l'innocence du hameau ; des torrens s'échappèrent de ses yeux, il fondit et inonda les assistans ; contempler les merveilles de la nature ; jetter quelques fleurs sur sa tombe : et tant d'autres que je ne veux pas condamner exclusivement, mais que j'aime mieux ne point rencontrer.

leurs premières acceptions, et fit oublier leur énergie.

Ce n'est pas que je prétende justifier le style des lettres. J'aurais quelque chose à dire sur des expressions qui pourront paraître hardies, et que pourtant je n'ai pas changées: mais quant aux incorrections, je n'y sais point d'excuse recevable. Je ne me dissimule pas qu'un critique trouvera beaucoup à reprendre: je n'ai point prétendu *enrichir le public* d'un ouvrage travaillé; mais donner à lire à quelques personnes éparses dans l'Europe, les sensations, les opinions, les songes libres et incorrects d'un homme souvent isolé, qui écrivit dans l'intimité, et non pour son libraire.

L'éditeur ne s'est proposé et ne se proposera qu'un seul objet: tout ce qui portera son nom tendra aux mêmes résultats: soit qu'il écrive , ou qu'il publie seulement , il ne s'écartera point d'un but moral. Il ne cherche pas encore à l'*atteindre ;* un écrit important, et de nature à être utile, un véritable *ouvrage* que l'on peut seulement hasarder d'esquisser , mais non prétendre jamais finir, ne doit pas être publié promptement , ni même entrepris trop-tôt.

Les *Notes* sont toutes de l'Éditeur.

OBERMAN.

LETTRE PREMIÈRE.

Genève, 8 juillet, première année.

Il ne s'est passé que vingt jours depuis que je vous écrivis de Lyon. Je n'annonçais aucun projet nouveau, je n'en avais pas ; et maintenant j'ai tout quitté, me voici sur une terre étrangère.

Je crains que ma lettre ne vous trouve point à Chessel*, et que vous ne puissiez me répondre aussi vîte que je le desirerais. J'ai besoin de savoir ce que vous pensez, ou du moins ce que vous penserez lorsque vous aurez lu. Vous savez s'il me serait indifférent d'avoir des torts avec vous : cependant je crains que vous

---

* Campagne de celui à qui les lettres sont adressées.

ne m'en trouviez, et je ne suis pas bien
assuré moi-même de n'en point avoir. Je
n'ai pas même pris le tems de vous consulter. Je l'eusse bien desiré dans un moment
aussi décisif : encore aujourd'hui, je ne sais
comment juger une résolution qui détruit
tout ce qu'on avait arrangé, qni me trans-
porte brusquement dans une situation nouvelle, qui me destine à des choses que je
n'avais pas prévues et dont je ne saurais
même pressentir l'enchaînement et les conséquences.

Il faut vous dire plus. L'exécution fut,
il est vrai, aussi précipitée que la décision :
mais ce n'est pas le tems seul qui m'a manqué pour vous en écrire. Quand même je
l'aurais eu, je crois que vous l'eussiez
ignoré de même. J'aurais craint votre prudence : j'ai cru sentir cette fois la nécessité
de n'en avoir pas. Une prudence étroite et
pusillanime dans ceux de qui le sort m'a
fait dépendre, a perdu mes premières années, et je crois bien qu'elle m'a nui pour
toujours. La sagesse veut marcher entre la
défiance et la témérité ; le sentier est diffi-

cile : il faut la suivre dans les choses qu'elle voit ; mais dans les choses inconnues, nous n'avons que l'instinct. S'il est plus dangereux que la prudence, il fait aussi de plus grandes choses : il nous perd, ou nous sauve : sa témérité devient quelquefois notre seul asyle, et c'est peut-être à lui de réparer les maux que la prudence a pu faire.

Il fallait laisser le joug s'appesantir sans retour, ou le secouer inconsidérément : l'alternative me parut inévitable. Si vous en jugez de même, dites-le moi pour me rassurer. Vous savez assez quelle misérable chaîne on allait river. On voulait que je fisse ce qu'il m'était impossible de faire bien ; que j'eusse un état pour son produit, que j'employasse les facultés de mon être à ce qui choque essentiellement sa nature. Aurais-je dû me plier à une condescendance momentanée ; tromper un parent en lui persuadant que j'entreprenais pour l'avenir, ce que je n'aurais commencé qu'avec le desir de le cesser ; et vivre ainsi dans un état violent, dans une répugnance perpétuelle ? Qu'il reconnaisse l'impuissance où j'étais de le satisfaire, qu'il m'excuse ! Il finira par sentir que les conditions si diverses et si opposées, où les caractères les plus contraires trouvent ce qui leur est propre, ne peuvent convenir indifféremment à tous les caractères ; que ce n'est pas assez qu'un état, qui a pour objet des intérêts et des démêlés contentieux, soit regardé comme honnête, parce qu'on y acquiert, sans voler, trente ou quarante mille livres de rente ; et qu'enfin je n'ai pu renoncer à être homme, pour être homme d'affaires.

Je ne cherche point à vous persuader, je vous rappelle les faits ; jugez. Un ami doit juger sans trop d'indulgence ; vous l'avez dit.

Si vous aviez été à Lyon, je ne me serais pas décidé sans vous consulter ; il eût fallu me cacher de vous, au lieu que j'ai eu seulement à me taire. Comme on cherche, dans le hasard même, des raisons qui autorisent aux choses que l'on croit nécessaires, j'ai trouvé votre absence favorable.

Je n'aurais jamais pu agir contre votre opinion, mais je n'ai pas été fâché de le faire sans votre avis ; tant que je sentais tout ce que pouvait alléguer la raison contre la loi que m'imposait une sorte de nécessité, contre le sentiment qui m'entraînait. J'ai écouté davantage cette impulsion secrète, mais impérieuse, que ces froids motifs de balancer et de suspendre, qui, sous le nom de prudence, tenaient peut-être beaucoup à mon habitude paresseuse, et à quelque faiblesse dans l'exécution. Je suis parti, je m'en félicite : mais quel homme peut jamais savoir s'il a fait sagement, ou non, pour les conséquences éloignées des choses ?

Je vous ai dit pourquoi je n'ai pas fait ce qu'on voulait ; il faut vous dire pourquoi je n'ai pas fait autre chose. J'examinais si je rejetterais absolument le parti que l'on voulait me faire prendre ; cela m'a conduit à examiner quel autre je prendrais, et à quelle détermination je m'arrêterais.

Il fallait choisir, il fallait commencer, pour la vie peut-être, ce que tant de gens, qui n'ont en eux aucune autre chose, ap-

pellent un état. Je n'en trouvai point qui
ne fût étranger à ma nature, ou contraire
à ma pensée. J'interrogeai mon être, je
considérai rapidement tout ce qui m'en-
tourait ; je demandai aux hommes s'ils sen-
taient comme moi ; je demandai aux choses
si elles étaient selon mes penchans ; et je vis
qu'il n'y avait pas d'accord entre moi et la
société, ni entre mes besoins et les choses
qu'elle a faites. Je m'arrêtai avec effroi,
sentant que j'allais livrer ma vie à des
ennuis intolérables, à des dégoûts sans
terme comme sans objet. J'offris successivement à mon cœur ce que les hommes
cherchent dans les divers états qu'ils em-
brassent. Je voulus même embellir, par le
prestige de l'imagination, ces objets multipliés qu'ils proposent à leurs passions, et
la fin chimérique à laquelle ils consacrent
leurs années. Je le voulais, je ne le pus
pas. Pourquoi la terre est-elle ainsi désen-
chantée à mes yeux? Je ne connais point
la satiété, je trouve par-tout le vide.

Dans ce jour, le premier où je sentis tout
le néant qui m'environne, dans ce jour

qui a changé ma vie, si les pages de ma
destinée se fussent trouvées entre mes
mains pour être déroulées ou fermées à
jamais; avec quelle indifférence j'eusse
abandonné la vaine succession de ces heures si longues et si fugitives, que tant
d'amertumes flétrissent, et que nulle véritable joie ne consolera! Vous le savez,
j'ai le malheur de ne pouvoir être jeune:
les longs ennuis de mes premiers ans ont
apparemment détruit la séduction. Les dehors fleuris ne m'en imposent pas : et mes
yeux demi-fermés ne sont jamais éblouis;
trop fixes, ils ne sont point surpris.

Ce jour d'irrésolution fut du moins un
jour de lumière : il me fit reconnaître en
moi ce que je n'y voyais pas distinctement.
Dans la plus grande anxiété où j'eusse jamais été, j'ai joui pour la première fois de
la conscience de mon être. Poursuivi jus-
que dans le triste repos de mon apathie
habituelle, forcé d'être quelque chose, je
fus enfin moi-même : et dans ces agitations
jusqu'alors inconnues, je trouvai une énergie, d'abord contrainte et pénible, mais

dont la plénitude fut une sorte de repos
que je n'avais pas encore éprouvé. Cette
situation douce et inattendue amena la réflexion qui me détermina. Je crus voir la
raison de ce qu'on observe tous les jours,
que les différences positives du sort ne
sont pas les causes principales du bonheur
ou du malheur des hommes.

Je me dis : la vie réelle de l'homme est
en lui-même, celle qu'il reçoit du dehors
n'est qu'accidentelle et subordonnée. Les
choses agissent sur lui bien plus encore
selon la situation où elles le trouvent,
que selon leur propre nature. Dans le cours
d'une vie entière, perpétuellement mo-
difié par elles, il peut devenir leur ouvrage. Mais comme dans cette succession
toujours mobile, lui seul subsiste quoique
altéré, tandis que les objets extérieurs relatifs à lui changent entièrement ; il en résulte que chacune de leurs impressions
sur lui, dépend bien plus pour son bonheur ou son malheur, de l'état où elle le
trouve, que de la sensation qu'elle lui
apporte, et du changement présent qu'elle

fait en lui. Ainsi dans chaque moment particulier de sa vie, ce qui importe sur-tout
à l'homme, c'est d'être ce qu'il doit être.
Les dispositions favorables des choses vien-
dront ensuite, c'est une utilité du second
ordre pour chacun des momens présens.
Mais la suite de ces impulsions devenant,
par leur ensemble, le vrai principe des
mobiles intérieurs de l'homme, si chacune
de ces impressions est à-peu-près indifférente, leur totalité fait pourtant notre destinée. Tout nous importerait-il également
dans ce cercle de rapports et de résultats
mutuels ? L'homme dont la liberté absolue
est si incertaine, et la liberté apparente si
limitée, serait-il contraint à un choix perpétuel qui demanderait une volonté constante, toujours libre et puissante ? Tandis
qu'il ne peut diriger que si peu d'événemens, et qu'il ne saurait régler la plupart
de ses affections, lui importe-t-il, pour la
paix de sa vie, de tout prévoir, de tout
conduire, de tout déterminer dans une
sollicitude qui, même avec des succès non
interrompus, ferait encore le tourment de

2 *

cette même vie? S'il est également nécessaire de maîtriser ces deux mobiles dont
l'action est toujours réciproque ; si pourtant cet ouvrage est au-dessus des forces
de l'homme, et si l'effort même qui tendrait à le produire est précisément opposé
au repos qu'on en attend , comment obtenir à-peu-près ce résultat nécessaire en re-
nonçant au moyen impraticable qui paraît
d'abord le pouvoir seul produire ? La réponse à cette question serait le grand-œuvre
de la sagesse humaine, et le principal objet que l'on puisse proposer à cette loi
intérieure qui nous fait chercher la félicité.
Je crus trouver à ce problême une solution
analogue à mes besoins présens : peut-être
contribuèrent-ils à me la faire adopter.

Je pensai que le premier état des choses
était sur-tout important dans cette oscilla-
tion toujours réagissante, et qui par conséquent dérive toujours plus ou moins de
ce premier état. Je me dis : soyons d'abord
ce que nous devons être ; plaçons-nous où
il convient à notre nature, puis livrons-
nous au cours des choses, en nous effor-

çant seulement de nous maintenir semblables à nous-mêmes. Ainsi, quoiqu'il arrive, et sans sollicitudes étrangères, nous disposerons des choses ; non pas en les changeant elles-mêmes, ce qui nous importe peu, mais en maîtrisant les impressions qu'elles feront sur nous, ce qui seul nous importe, ce qui est le plus facile, ce qui maintient davantage notre être en le circonscrivant et en reportant sur lui-même l'effort conservateur. Quelque effet que produisent sur nous les choses par leur influence absolue que nous ne pourrons changer, du moins nous conserverons toujours beaucoup du premier mouvement imprimé, et nous approcherons, par ce moyen, plus que nous ne saurions l'espérer par aucun autre, de l'heureuse permanence du sage.

Dès que l'homme réfléchit, dès qu'il n'est plus entraîné par le premier desir et par les lois inaperçues de l'instinct, toute équité, toute moralité devient en un sens une affaire de calcul, et sa prudence est dans l'estimation du plus ou du moins. Je

crus voir dans ma conclusion un résultat
aussi clair que celui d'une opération sur
les nombres. Comme je vous fais l'histoire
de mes intentions, et non celle de mon
esprit ; et que je veux bien moins justifier
ma décision que vous dire comment je me
suis décidé, je ne chercherai pas à vous
rendre un meilleur compte de mon calcul.

Conformément à cette manière de voir,
je quitte les soins éloignés et multipliés de
l'avenir, qui sont toujours si fatigans et
souvent si vains ; je m'attache seulement
à disposer, une fois pour la vie, et moi
et les choses. Je ne me dissimule point
combien cet ouvrage doit sans doute rester
imparfait, et combien je serai entravé par
les événemens : mais je ferai du moins ce
que je trouverai en mon pouvoir.

J'ai cru nécessaire de changer les choses
avant de me changer moi-même. Ce premier but pouvait être beaucoup plus promptement atteint que le second ; et ce n'eût
point été dans mon ancienne manière de
vivre que j'eusse pu m'occuper sérieusement de moi. L'alternative du moment dif-

ficile où je me trouvais, me força de songer
d'abord aux changemens extérieurs. C'est
dans l'indépendance des choses, comme
dans le silence des passions, que l'on peut
étudier son être. Je vais choisir une retraite dans ces monts tranquilles dont la
vue a frappé mon enfance elle-même *.
J'ignore où je m'arrêterai, mais écrivez-
moi à Lausanne.

---

* Depuis les portes de Lyon l'on voit distinctement
à l'horizon les sommets des Alpes.

LETTRE II.

Lausanne *, 9 juillet, I.

J'ARRIVAI de nuit à Genève : j'y logeai dans une assez triste auberge, où mes fenêtres donnaient sur une cour, je n'en fus point fâché. Entrant dans une aussi belle contrée, je me ménageais volontiers l'espèce de surprise d'un spectacle nouveau ; je la réservais pour la plus belle heure du jour; je le voulais avoir dans sa plénitude, et sans affaiblir son impression en l'éprouvant par degré.

En sortant de Genève, je me mis en route, seul, libre, sans but déterminé, sans autre guide qu'une carte assez bonne, que je porte sur moi.

---

* On trouve souvent Lausanne avec un seul n ; effectivement il n'y en avait qu'un dans l'ancien nom *Lausone*; mais il y a deux n dans les actes de la ville moderne.

J'entrais dans l'indépendance. J'allais
vivre dans le seul pays peut-être de l'Europe, où dans un climat assez favorable,
on trouve encore les sévères beautés des
sites naturels. Devenu calme par l'effet
même de l'énergie que les circonstances de
mon départ avait éveillée en moi, content
de posséder mon être pour la première fois
de mes jours si vains, cherchant des jouissances simples et grandes avec l'avidité d'un
cœur jeune, et cette sensibilité, fruit amer
et précieux de mes longs ennuis ; j'étais
ardent et paisible. Je fus heureux sous le
beau ciel de Genève, lorsque le soleil paraissant au-dessus des hautes neiges, éclaira
à mes yeux cette terre admirable. C'est près
de Copet que je vis l'aurore, non pas inutilement belle comme je l'avais vue tant de
fois, mais d'une beauté sublime et assez
grande pour ramener le voile des illusions
sur mes yeux découragés.

Vous n'avez point vu cette terre à laquelle Tavernier ne trouvait comparable
qu'un seul lieu dans l'Orient. Vous ne vous
en ferez pas une idée juste ; les grands effets

de la nature ne s'imaginent point tels qu'ils sont. Si j'avais moins senti la grandeur et l'harmonie de l'ensemble, si la pureté de l'air n'y ajoutait pas une expression que les mots ne sauraient rendre, si j'étais un autre, j'essayerais de vous peindre ces monts neigeux et embrasés, ces vallées vaporeuses; les noirs escarpemens de la côte de Savoye; les collines de la Vaux et du Jorat *, peut-être trop riantes, mais surmontées par les Alpes de Gruyère et d'Ormont; et les vastes eaux du Léman, et le mouvement de ses vagues, et sa paix mesurée. Peut-être mon état intérieur ajouta-t-il au prestige de ces lieux; peut-être nul homme n'a-t-il éprouvé à leur aspect tout ce que j'ai senti **.

---

* Ou petit Jura.

** Je n'ai pas été surpris de trouver dans ces lettres plusieurs passages un peu romanesques. Les cœurs mûris avant l'âge, joignent aux sentimens d'un autre tems, quelque chose de cette force exagérée et illusoire qui caractérise la première saison de la vie. Celui qui a reçu les facultés de l'homme, est, ou a été ce qu'on appelle romanesque : mais chacun

C'est le propre d'une sensibilité profonde
de recevoir une volupté plus grande de
l'opinion d'elle-même que de ses jouissances
positives : celles-ci laissent apercevoir leurs
bornes; mais celles que promettent ce sentiment d'une puissance illimitée, sont immenses comme elle, et semblent nous in-
diquer le monde inconnu que nous cherchons toujours. Je n'oserais décider que
l'homme dont l'habitude des douleurs a
navré le cœur, n'ait point reçu de ses misères mêmes, une aptitude à des plaisirs
inconnus des heureux, et ayant sur les leurs
l'avantage d'une plus grande indépendance,
et d'une durée qui soutient la vieillesse
elle-même. Pour moi, j'ai éprouvé dans ce
moment auquel il n'a manqué qu'un autre
cœur qui sentît avec le mien, comment une
heure de vie peut valoir une année d'exis-

---

l'est à sa manière. Les passions, les vertus, les faiblesses sont à-peu-près communes à tous ; mais elles
ne sont pas semblables dans tous. Un homme par
exemple, peut faire des chansons, ou des vers sur
l'amour; mais il y mettra moins de Flore, de
Nymphes et de flamme que les poètes des almanachs.

tence; combien tout est relatif dans nous,
et hors de nous; et comment nos misères
viennent sur-tout de notre déplacement
dans l'ordre des choses.

La grande route de Genève à Lausanne
est par-tout agréable, elle suit généralement les rives du lac; et comme elle me
conduisait vers les montagnes, je ne pensai
point à la quitter. Je ne m'arrêtai qu'auprès
de Lausanne sur une pente, d'où l'on
n'apercevait pas la ville, et où j'attendis la
fin du jour.

Les soirées sont désagréables dans les auberges, excepté lorsque le feu et la nuit
aident à attendre le souper. Dans les longs
jours on ne peut éviter cette heure d'ennui
qu'en évitant aussi de voyager pendant la
chaleur: c'est précisément ce que je ne fais
point. Depuis mes courses au Forez, j'ai
pris l'usage d'aller à pied si la campagne est
intéressante; et quand je marche, une sorte
d'impatience ne me permet de m'arrêter que
lorsque je suis presque arrivé. Les voitures
sont nécessaires pour se débarrasser promptement de la poussière des grandes routes,

et des ornières boueuses des plaines; mais lorsqu'on est sans affaires et dans une vraie campagne, je ne vois pas de motif pour courir la poste, et je trouve qu'on est trop dépendant si l'on va avec ses chevaux. J'avoue qu'en arrivant à pied l'on est moins bien reçu d'abord dans les auberges; mais il ne faut que quelques minutes à un aubergiste qui sait son métier, pour s'apercevoir que s'il y a de la poussière sur les souliers il n'y a pas de paquet sur l'épaule, et qu'ainsi l'on pourrait être en état de le faire gagner assez pour qu'il ôte son chapeau d'une certaine manière. Vous verrez bientôt les servantes vous dire tout comme à un autre : Monsieur a-t-il déjà donné ses ordres?

J'étais donc sous les pins du Jorat : la soirée était belle, les bois silencieux, l'air calme, le couchant vapoureux, mais sans nuages. Tout paraissait fixe, élairé, immobile : et dans un moment où je levai les yeux après les avoir ténus long-tems arrêtés sur la mousse qui me portait, j'eus une illusion imposante que mon état de rêverie

prolongea. La pente rapide qui s'étendait
jusqu'au lac se trouvait cachée pour moi
sous le tertre où j'étais assis ; et la surface
du lac très-inclinée, semblait élever dans
les airs sa rive opposée. Des vapeurs voi-
laient en partie les Alpes de Savoye con-
fondues avec elles et revêtues des mêmes
teintes : la lumière du couchant et le vague
de l'air dans les profondeurs du Valais
élevèrent ces montagnes et les séparèrent
de la terre, en rendant leurs extrémités
indiscernables ; et leur colosse sans forme,
sans couleur, sombre et neigeux, éclairé
et comme invisible, ne me parut qu'un
amas de nuées orageuses suspendues dans
l'espace : il n'était plus d'autre terre que
celle qui me soutenait sur le vide, seul,
au sein de l'immensité.

Ce moment-là fut digne de la première
journée d'une vie nouvelle : j'en éprouverai
peu de semblables. Je me promettais de
finir celle-ci en vous en parlant tout à
mon aise, mais le sommeil appesantit ma
tête et ma main : les souvenirs et le plaisir
de vous les dire ne sauraient l'éloigner ;

et je ne veux pas continuer à vous rendre
si faiblement ce que j'ai mieux senti.

Près de Nion j'ai vu le Mont-Blanc assez
à découvert, et depuis ses bases apparentes;
mais l'heure n'était point favorable, il était
mal éclairé.

LETTRE III.

Cully, 11 juillet, I.

Je ne veux point parcourir la Suisse en voyageur, ou en curieux. Je cherche à être là, parce qu'il me semble que je serais mal ailleurs : c'est le seul pays, voisin du mien, qui contienne généralement de ces choses que je desire.

J'ignore encore de quel côté je me dirigerai : je ne connais ici personne, et n'y ayant aucune sorte de relation, je ne puis choisir que d'après des raisons prises de la nature des lieux. Le climat est difficile en Suisse, sur-tout dans les situations que je préférerais. Il me faut un séjour fixe pour l'hiver; c'est ce que je voudrais d'abord décider : mais l'hiver est long dans le contrées élevées.

A Lausanne on me disait: C'est ici la plus belle partie de la Suisse, celle que tous les étrangers aiment. Vous avez vu Genève et les bords du lac ; il vous reste à voir Iverdun, Neuchâtel et Berne : on va encore au Locle qui est célèbre par son industrie. Pour le reste de la Suisse, c'est un pays bien sauvage : on reviendra de la manie anglaise d'aller se fatiguer et s'exposer pour voir de la glace et dessiner des cascades. Vous vous fixerez ici : le pays de Vaud * est le seul qui convienne à un étranger ; et même dans le pays de Vaud il n'y a que Lausanne, sur-tout pour un Français.

Je les ai assurés que je ne choisirais pas Lausanne, et ils ont cru que je me trompais. Le pays de Vaud a de grandes beautés, mais je suis persuadé d'avance que sa partie

---

* Le mot *Vaud* ne veut point dire ici vallée, mais il vient du Celtique dont on a fait Welches : les Suisses de la partie allemande appellent le pays de Vaud *Welschland.* Les Germains désignaient les Gaulois par le mot Wale ; d'où viennent les noms de la principauté de *Galles*, du pays de Vaud, de ce qu'on appelle dans la Belgique pays *Walon*, de la Gascogne, etc.

basse est une de celles de la Suisse que j'aimerai le moins. La terre et les hommes y sont, à peu de chose près, comme ailleurs : je cherche d'autres mœurs, et une autre nature. Si je savais l'allemand, je crois que j'irais du côté de Lucerne : mais l'on n'entend le français que dans un tiers de la Suisse, et ce tiers en est précisément la partie la plus riante et la moins éloignée des habitudes françaises, ce qui me met dans une grande incertitude. J'ai presque résolu de voir les bords de Neuchâtel, et le bas-Valais; après quoi j'irai près de Schwitz, ou dans l'Underwalden, malgré l'inconvénient très-grand d'une langue qui m'est tout-à-fait étrangère.

J'ai remarqué un petit lac que les cartes nomment de Bré, ou de Bray, situé à une certaine élévation dans les terres, au-dessus de Cully : j'étais venu dans cette ville pour en aller visiter les rives presque inconnues et éloignées des grandes routes. J'y ai renoncé; je crains que le pays ne soit trop ordinaire, et que la manière de vivre des gens de la campagne, si près de Lausanne, ne me convienne encore moins.

Je voulais traverser le lac*; et j'avais,
hier, retenu un bateau pour me rendre
sur la côte de Savoye. Il a fallu renoncer
à ce dessein :. le temps a été mauvais tout
le jour, et le lac est encore fort agité.
L'orage est passé, la soirée est belle. Mes
fenêtres donnent sur le lac; l'écume blanche
des vagues est jetée quelquefois jusques
dans ma chambre, elle a même mouillé le
toit. Le vent souffle du Sud-Ouest, en sorte
que c'est précisément ici que les vagues ont
plus de force et d'élévation. Je vous assure
que ce mouvement et ces sons mesurés
donnent à l'ame une forte impulsion. Si
j'avais à sortir de la vie ordinaire, si j'avais
à vivre, et que pourtant je me sentisse dé-
couragé, je voudrais être un quart-d'heure
seul devant un lac agité : je crois qu'il ne
serait plus de grandes choses qui ne me
fussent naturelles.

J'attends avec quelqu'impatience la réponse que je vous ai demandée; et quoiqu'elle ne puisse en effet arriver encore,

---

* De Genève ou Léman, et non pas lac Léman.

3 *

je pense à tout moment à envoyer à Lausanne pour voir si on ne néglige pas de
me la faire parvenir. Sans doute elle me
dira bien positivement ce que vous pensez,
ce que vous présumez de l'avenir ; et si
j'ai eu tort, étant moi, de faire ce qui chez
beaucoup d'autres eût été une conduite
pleine de légéreté. Je vous consultais sur
des riens, et j'ai pris sans vous la résolution
la plus importante. Vous ne refuserez pas
pourtant de me dire votre opinion : il faut
qu'elle me réprime, ou me rassure. Vous
avez déjà oublié que je me suis arrangé en
ceci comme si je voulais vous en faire un
secret : les torts d'un ami peuvent entrer
dans notre pensée , mais non dans nos
sentimens. Je vous félicite d'avoir à me
pardonner des faiblesses : sans cela je n'aurais pas tant de plaisir à m'appuyer sur
vous ; ma propre force ne me donnerait
pas la sécurité que me donne la vôtre.

Je vous écris comme je vous parlerais,
comme on se parle à soi-même. Quelquefois on n'a rien à se dire l'un à l'autre, on
a pourtant besoin de se parler ; c'est souvent

alors que l'on bavarde le plus à son aise.
/Je ne connais de promenade qui donne un
vrai plaisir que celle que l'on fait sans but,
lorsque l'on va uniquement pour aller, et
que l'on cherche sans vouloir aucune chose;
lorsque le tems est tranquille, un peu couvert, que l'on n'a point d'affaires, que l'on
ne veut pas savoir l'heure, et que l'on se
met à pénétrer au hasard dans les fondrières
et les bois d'un pays inconnu; lorsqu'on
parle des champignons, des biches, des
feuilles rousses qui commencent à tomber;
lorsque je vous dis : Voilà une place qui
ressemble bien à celle où mon père s'arrêta,
il y a dix ans, pour jouer au petit-palet
avec moi, et où il laissa son couteau de
chasse que le lendemain l'on ne put jamais
retrouver. Lorsque vous me dites : L'endroit où nous venons de traverser le ruisseau eût bien plû au mien. Dans les derniers tems de sa vie, il se faisait conduire
à une grande lieue de la ville dans un bois
bien épais, où il y avait quelques rochers
et de l'eau; alors il descendait de la ca-
lèche, et il allait, quelquefois seul, quel-

quefois avec moi, s'asseoir sur un grès:
nous lisions les *Vies des Pères du Désert.*
Il me disait: Si dans ma jeunesse j'étais
entré dans un monastère, comme Dieu m'y
appelait, je n'aurais pas eu tous les chagrins que j'ai eus dans le monde, je ne serais pas aujourd'hui si infirme et si cassé;
mais je n'aurais point de fils, et en mourant,
je ne laisserais rien sur la terre.......Et
maintenant il n'est plus! Ils ne sont plus!

Il y a des hommes qui croyent se promener, à la campagne, lorsqu'ils marchent
en ligne droite dans une allée sablée. Ils
ont dîné, ils vont jusqu'à la statue, et ils
reviennent au trictrac. Mais quand nous
nous perdions dans les bois du Forez, nous
allions librement et au hasard. Il y avait
quelque chose de solennel à ces souvenirs
d'un tems déjà reculé, qui semblaient venir
à nous dans l'épaisseur et la majesté des
bois. Comme l'ame s'agrandit lorsqu'elle
rencontre des choses belles, et qu'elle ne
les a pas prévues! Je n'aime point que ce
qui appartient au cœur soit préparé et
réglé : laissons l'esprit chercher avec ordre,

et symétriser ce qu'il travaille. Pour le cœur, il ne travaille pas ; et si vous lui demandez de produire, il ne produira rien : la culture le rend stérile. Vous vous rappelez des lettres que R... écrivait à L... qu'il appelait son ami. Il y avait bien de l'esprit dans ces lettres, mais aucun abandon. Chacune contenait quelque chose de distinct, et roulait sur un sujet particulier ; chaque paragraphe avait son objet et sa pensée. Tout cela était arrangé comme pour l'impression ; c'était des chapitres d'un livre didactique. Nous ne ferons point comme cela, je pense : aurions-nous besoin d'esprit ? Quand des amis se parlent c'est pour se dire tout ce qui leur vient en tête. Il y a une chose que je vous demande ; c'est que vos lettres soient longues, que vous soyez long-tems à m'écrire, que je sois long-tems à vous lire : souvent je vous donnerai l'exemple. Quant au contenu, je ne m'en inquiète point : nécessairement nous ne dirons que ce que nous pensons, ce que nous sentons : et n'est-ce pas cela qu'il faut que nous disions ? Quand on veut jaser,

s'avise-t-on de dire? parlons sur telle chose,
faisons des divisions, et commençons par
celle-ci.

On apportait le souper lorsque je me
suis mis à écrire, et voilà que l'on vient
de me dire : Mais, Monsieur, le poisson est
tout froid, il ne sera plus bon, au moins.
Adieu donc. Ce sont des truites du Rhône.
Ils me les vantent, comme s'ils ne voyaient
pas que je mangerai seul.

LETTRE IV.

Thiel, 19 juillet, I.

J'AI passé à Iverdun *; j'ai vu Neuchâtel, Bienne et leurs environs. Je m'arrête quelques jours à Thiel sur les frontières de Neuchâtel et de Berne. J'avais pris à Lausanne une de ces berlines de remise très-communes en Suisse. Je ne craignais pas l'ennui de la voiture; j'étais trop occupé de ma position, de mes espérances si vagues, de l'avenir incertain, du présent déjà inutile, et de l'intolérable vide que je trouve par-tout.

Je vous envoie quelques mots écrits des divers lieux de mon passage.

D'Iverdun.

J'ai joui un moment de me sentir libre et dans des lieux plus beaux; j'ai cru y

* Ou Yverdon.

trouver une vie meilleure : mais je vous avouerai que je ne suis pas content. A Moudon, au centre du pays de Vaud, je me demandais : Vivrais-je heureux dans ces lieux si vantés et si desirés? mais un profond ennui m'a fait partir aussitôt. J'ai cherché ensuite a m'en imposer à moi-même, en attribuant principalement cette impression à l'effet d'une tristesse locale. Le sol de Moudon est boisé et pittoresque, mais il n'y a point de lac. Je me décidai à rester le soir à Iverdun, espérant retrouver sur ses rives, ce bien être mêlé de tristesse que je préfère à la joie. La vallée est belle, et la ville est l'une des plus jolies de la Suisse. Malgré le pays, malgré le lac, malgré la beauté du jour, j'ai trouvé Iverdun plus triste que Moudon. Quels lieux me faudra-t-il donc?

De Neuchâtel.

J'ai quitté ce matin Iverdun, jolie ville, agréable à d'autres yeux, et triste aux miens. Je ne sais pas bien encore ce qui peut la rendre telle pour moi; mais je ne

me suis point trouvé le même aujourd'hui.
S'il fallait différer le choix d'un séjour tel
que je le cherche, je me résoudrais plus
volontiers à attendre un an près de Neuchâtel, qu'un mois près d'Iverdun.

De St Blaise.

Je reviens d'une course dans le Val de
Travers. C'est là que j'ai commencé à sentir dans quel pays je suis. Les bords du lac
de Genève sont admirables sans doute, cependant il semble que l'on pourrait trouver
ailleurs les mêmes beautés, car pour les
hommes on voit d'abord qu'ils y sont
comme dans les plaines, eux et ce qui les
concerne *. Mais ce vallon, creusé dans le
Jura, porte un caractère grand et simple;
il est sauvage et animé; il est à-la-fois
paisible et romantique; et quoiqu'il n'ait
point de lac, il m'a frappé davantage que
les bords de Neuchâtel et même de Ge-

---

* Ceci ne me serait pas juste, si on l'entendait
de la rive septentrionale toute entière.

nève. La terre paraît ici moins assujettie
à l'homme, et l'homme moins abandonné
à des convenances misérables. L'œil n'y
est pas importuné sans cesse par des terres
labourées, des vignes et des maisons de
plaisance, odieuses richesses de tant de
pays malheureux. Mais de gros villages ;
mais des maisons de pierre ; mais de la
recherche , de la vanité , des titres , de
l'esprit, de la causticité ! Où m'emportaient
de vains rêves ? A chaque pas que l'on fait
ici, l'illusion revient et s'éloigne ; à chaque
pas on espère, on se décourage ; on est
perpétuellement changé sur cette terre si
différente et des autres et d'elle-même. Je
vais dans les Alpes.

De Thiel.

J'allais à Vevay par Morat , et je ne
croyais pas m'arrêter ici : mais hier j'ai été
frappé, à mon réveil, du plus beau spectacle
que l'aurore puisse produire dans une contrée dont la beauté réelle, est pourtant plus
riante que sublime. Cela m'a entraîné à
passer ici quelques jours.

Ma fenêtre était restée ouverte la nuit, selon mon usage. Vers les quatre heures, je fus éveillé par l'éclat du jour et par l'odeur des foins que l'on avait coupés pendant la fraîcheur, à la lumière de la lune. Je m'attendais à une vue ordinaire; mais j'eus un instant d'étonnement. Les pluies du solstice avaient conservé l'abondance des eaux accrues précédemment par la fonte des neiges du Jura. L'espace entre le lac et la Thièle était inondé presqu'entièrement; les parties les plus élevées formaient des pâturages isolés au milieu de ces plaines d'eau sillonnées par le vent frais du matin. On apercevait les vagues du lac que le vent poussait au loin sur la rive demi-submergée. Des chèvres, des vaches, et leur conducteur, qui tirait de son cornet des sons agrestes, passaient en ce moment sur une langue de terre restée à sec entre la plaine inondée et la Thièle. Des pierres placées aux endroits les plus difficiles, soutenaient, ou continuaient cette sorte de chaussée naturelle: on ne distinguait point le pâturage que ces dociles animaux de-

vaient atteindre ; et, à voir leur démarche
lente et mal assurée, on eût dit qu'ils allaient s'avancer et se perdre dans le lac.
Les hauteurs d'Anet, et les bois épais du
Julemont , sortaient du sein des eaux
comme une île encore sauvage et inhabitée.
La chaîne montueuse du Vuilly bordait le
lac à l'horizon. Vers le sud, l'étendue s'en
prolongeait derrière les coteaux de Mont-
mirail ; et par-delà tous ces objets , soixante
lieues de glaces séculaires imposaient à
toute la contrée la majesté inimitable de
ces traits hardis de la nature, qui font les
lieux sublimes.

Je dinai avec le receveur du péage. Sa
manière ne me déplut pas. C'est un homme
plus occupé de fumer et de boire, que de
haïr, de projetter, de s'affliger. Il me semble que j'aimerais assez dans les autres ces
habitudes que je ne prendrai point. Elles
font échapper à l'ennui ; elles remplissent
les heures, sans que l'on ait l'inquiétude
de les remplir: elles dispensent un homme
de beaucoup de choses plus mauvaises, et
mettent du moins à la place de ce calme du

bonheur qu'on ne voit sur aucun front, celui d'une distraction suffisante qui concilie tout, et ne nuit qu'aux acquisitions de l'esprit.

Le soir je pris la clef pour rentrer dans la nuit, et n'être point assujetti à l'heure. La lune n'était pas levée, je me promenais le long des eaux vertes de la Thièle. Mais me sentant disposé à rêver long-tems, et trouvant dans la chaleur de la nuit la facilité de la passer toute entière au dehors, je pris la route de St. Blaise: je la quittai à un petit village nommé Marin, qui a le lac au sud; je descendis une pente escarpée, et je me plaçai sur le sable où venaient expirer les vagues. L'air était calme, on n'apercevait aucune voile sur le lac. Tous reposaient, les uns dans l'oubli des travaux, d'autres dans celui des douleurs. La lune parut: je restai long-tems. Vers le matin, elle répandait sur les terres et sur les eaux l'ineffable mélancolie de ses dernières lueurs. La nature paraît bien grande à l'homme, lorsque, dans un long recueillement, il entend le roulement des ondes sur la rive

solitaire, dans le calme d'une nuit encore
ardente et éclairée par la lune qui finit.

Indicible sensibilité ! charme et tourment de nos vaines années ; vaste conscience
d'une nature par-tout accablante et par-tout
impénétrable ! passion universelle, indifférence, sagesse avancée, voluptueux abandon : tout ce qu'un cœur mortel peut
contenir de besoins et d'ennuis profonds ;
j'ai tout senti, tout éprouvé dans cette nuit
mémorable. J'ai fait un pas sinistre vers
l'âge d'affaiblissement : j'ai dévoré dix années de ma vie. Heureux l'homme simple
dont le cœur est toujours jeune !

Là, dans la paix de la nuit, j'interrogeai
ma destinée incertaine, mon cœur agité,
et cette nature inconcevable qui, contenant
toutes choses, semble pourtant ne pas
contenir ce que cherchent mes désirs. Qui
suis-je donc, me disais-je ? Quel triste mélange d'affection universelle, et d'indifférence pour tous les objets de la vie positive ?
Une imagination romanesque me porte-
t-elle à chercher, dans un ordre bizarre,
des objets préférés par cela seul que leur

existence chimérique pouvant se modifier
arbitrairement , se revêt à mes yeux de
formes spécieuses, et d'une beauté pure et
sans mélange plus fantastique encore.

Ainsi, voyant dans les choses des rapports qui n'y sont point, et cherchant toujours ce que je n'obtiendrai jamais, étranger
dans la nature réelle, ridicule au milieu
des hommes, je n'aurai que des affections
vaines : et soit que je vive selon moi-même,
soit que je vive selon les hommes, je
n'aurai dans l'oppression extérieure, ou
dans ma propre contrainte, que l'éternel
tourment d'une vie toujours réprimée et
toujours misérable. Mais les écarts d'une
imagination ardente et immodérée sont sans
constance comme sans règle: jouet de ses
passions mobiles et de leur ardeur aveugle
et indomptée, un tel homme n'aura ni
continuité dans ses goûts, ni paix dans son
cœur.

—Que puis-je avoir de commun avec lui ?
Tous mes goûts sont uniformes, tout ce
que j'aime est facile et naturel : je ne veux
que des habitudes simples, des amis par-

sibles, une vie toujours la même. Comment mes vœux seraient-ils désordonnés ? je n'y vois que les besoins, que le sentiment de l'harmonie et des convenances. Comment mes affections seraient-elles odieuses aux hommes ? je n'aime que ce qu'ont aimé les meilleurs d'entre eux; je ne cherche rien aux dépens d'aucun d'eux; je cherche ce que chacun peut avoir, ce qui est nécessaire aux besoins de tous, ce qui finirait leurs misères, ce qui rapproche, unit, console : je ne veux que la vie des peuples bons, ma paix dans la paix de tous *. Je n'aime, il est vrai, que la nature ; mais c'est pour cela qu'en m'aimant moi-même, je ne m'aime point exclusivement; et que les autres hommes sont encore dans la nature, ce que j'en aime davantage. Un sentiment impérieux m'attache à toutes les impressions aimantes ; mon cœur plein de lui-même, de l'humanité, et de l'accord

---

* Ses besoins ne seront pas toujours aussi simples : et ce sera peut-être parce qu'il n'aura pas eu cela qu'il voudra davantage.

primitif des êtres, n'a jamais connu de
passions personnelles ou irascibles. Je m'aime moi-même, mais c'est dans la nature,
c'est dans l'ordre qu'elle veut, c'est en société avec l'homme qu'elle fit, et d'accord
avec l'universalité des choses. A la vérité,
jusqu'à présent du moins, rien de ce qui
existe n'a pleinement mon affection, et un
vide inexprimable est la constante habitude
de mon ame altérée. Mais tout ce que j'aime
pourrait exister, la terre entière pourrait
être selon mon cœur, sans que rien fût
changé dans la nature ou dans l'homme
lui-même, excepté les accidens éphémères
de l'œuvre sociale.

Non, l'homme singulier ou romanesque
n'est pas ainsi. Sa folie a des causes factices. Il ne se trouve point de suite ni
d'ensemble dans ses affections; et comme
il n'y a d'erreur et de bizarreries que dans
les innovations humaines, tous les objets
de sa démence sont pris dans l'ordre de
choses qui excite les passions immodé-
rées des hommes, et l'industrieuse fer-

4 *

mentation de leurs esprits toujours agités
en sens contraires.

Pour moi, j'aime les choses existantes;
je les aime comme elles sont. Je ne desire,
je ne cherche, je n'imagine rien hors de
la nature. Loin que ma pensée divague et
se porte sur des objets difficiles ou bizarres,
éloignés ou extraordinaires; et qu'indifférent pour ce qui s'offre à moi, pour ce que
la nature produit.habituellement, j'aspire
à ce qui m'est refusé, à des choses étrangères et rares, à des circonstances invrai-
semblables et à une destinée romanesque;
je ne veux au contraire, je ne demande
à la nature et aux hommes, je ne demande
pour ma vie entière que ce que la nature
contient nécessairement, ce que les hommes doivent tous posséder, ce qui peut
seul occuper nos jours et remplir nos cœurs,
ce qui fait la vie. Comme il ne me faut
point des choses difficiles ou privilégiées,
il ne me faut pas non plus des choses nouvelles, changeantes, multipliées. Ce qui
m'a plu, me plaira toujours; ce qui a suffi
à mes besoins, leur suffira dans tous les

tems : le jour semblable au jour qui fût heureux , est encore un jour heureux pour moi ; et comme les besoins positifs de ma nature sont toujours à-peu-près les mêmes, ne cherchant que ce qu'ils exigent, je desire toujours à-peu-près les mêmes choses. Si je suis satisfait aujourd'hui, je le serai demain, je le serai toute l'année, je le serai toute la vie : et si mon sort est toujours le même, mes vœux toujours simples, seront toujours remplis.

L'amour du pouvoir ou des richesses est presqu'aussi étranger à ma nature que l'envie, la vengeance ou les haines. Rien ne doit aliéner de moi les autres hommes, je ne suis le rival d'aucun d'eux : je ne puis pas plus les envier que les haïr ; je refuserais ce qui les passionne, je refuserais de triompher d'eux : je ne veux pas même les surpasser en vertu. Je me repose dans ma bonté naturelle. Heureux qu'il ne me faille point d'efforts pour ne pas faire le mal, je ne me tourmenterai point sans nécessité ; et pourvu que je sois homme de bien, je ne prétendrai pas être vertueux.

Co mérite est très-grand, mais j'ai le bonheur qu'il ne me soit pas indispensable,
et je le leur abandonne : c'est détruire la
seule rivalité qui pût subsister entre nous.
Leurs vertus sont ambitieuses comme leurs
passions : ils les étalent fastueusement ; et
ce qu'ils y cherchent sur-tout, c'est la pri-
mauté. Je ne suis point leur concurrent ;
je ne le serai pas même en cela. Que per-
drai-je à leur abandonner cette supériorité ?
Dans ce qu'ils appellent vertus, les unes,
seules utiles, sont naturellement dans
l'homme constitué comme je me trouve
l'être, et comme je penserais volontiers
que tout homme l'est primitivement ; les
autres compliquées, difficiles, imposantes
et superbes, ne dérivent point immédia-
tement de la nature de l'homme : c'est pour
cela que je les trouve ou fausses ou vaines,
et que je suis peu curieux d'en obtenir le
mérite, au moins incertain. Je n'ai pas
besoin d'effort pour atteindre ce qui est
dans ma nature, et je n'en veux point
faire pour parvenir à ce qui lui est contraire. Ma raison le repousse, et me dit

que, dans moi du moins, ces vertus fas-
tueuses seraient des altérations étrangères
et un commencement de déviation. Le seul
effort que l'amour du bien exige de moi,
c'est une vigilance soutenue, qui ne per-
mette jamais aux maximes de notre fausse
morale de s'introduire dans une ame trop
droite pour les parer de beaux dehors, et
trop simple pour les contenir. Telle est la
vertu que je me dois à moi-même, et le
devoir que je m'impose. Je sens irrésistiblement que mes penchans sont naturels:
il ne me reste qu'à m'observer bien moi-
même pour écarter de cette direction générale toute impulsion particulière qui
pourrait s'y mêler ; pour me conserver
toujours simple et toujours droit, au milieu des perpétuelles altérations et des
bouleversemens que peuvent me préparer
l'oppression d'un sort précaire, et les sub-
versions de tant de choses mobiles. Je dois
rester, quoiqu'il arrive, toujours le même
et toujours moi; non pas précisément tel
que je suis dans des habitudes contraires
à mes besoins; mais tel que je me sens,

tel que je veux être , tel que je suis dans cette vie intérieure , seul asile de mes tristes affections.

Je m'interrogerai , je m'observerai , je sonderai ce cœur naturellement vrai et aimant , mais que tant de dégoûts peuvent avoir déjà rebuté. Je déterminerai ce que je suis; je veux dire ce que je dois être: et cet état une fois bien connu , je m'efforcerai de le conserver toute ma vie, convaincu que rien de ce qui m'est naturel n'est dangereux ou condamnable, persuadé que l'on n'est jamais bien que quand on est selon sa nature , et décidé à ne jamais réprimer en moi que ce qui tendrait à altérer ma forme originelle.

J'ai connu l'enthousiasme des vertus difficiles ; dans ma superbe erreur , je pensais remplacer tous les mobiles de la vie sociale par ce mobile aussi illusoire *. Ma fermeté

---

* Appliquer à la sagesse cette idée que tout est vanité, n'est-ce pas, pourra-t-on dire, la pousser jusqu'à l'exagération ?

On entend par sagesse cette doctrine des sages,

stoïque bravait le malheur comme les passions ; et je me tenais assuré d'être le plus
heureux des hommes, si j'en étais le plus
vertueux. L'illusion a duré près d'un mois
dans sa force ; un seul incident la dissipée.
C'est alors que toute l'amertume d'une vie
décolorée et fugitive vint remplir mon ame
dans l'abandon du dernier prestige qui
l'abusât. Depuis ce moment, je ne prétends
plus employer ma vie, je cherche seulement à la remplir : je ne veux plus en
jouir, mais seulement la tolérer : je n'exige
point qu'elle soit vertueuse, mais qu'elle
ne soit jamais coupable.

Et cela même, où l'espérer, où l'obtenir ?

---

qui est sublime et pourtant vaine, au moins dans un
sens. Quant au moyen raisonné de passer ses jours
en recevant et en produisant le plus de bien possible, on ne peut en effet l'accuser de vanité. La
vraie sagesse a pour objet l'emploi de la vie, l'amélioration de notre existence ; et cette existence étant
tout, quelque peu durable, quelque peu importante
même qu'on la puisse supposer, il est évident que
ce n'est point dans cette sagesse-là qu'O. trouve de
l'erreur et de la vanité.

Où trouver des jours commodes, simples,
occupés, uniformes ? Où fuir le malheur ?
Je ne veux que cela. Mais quelle destinée
que celle où les douleurs restent, où les
plaisirs ne sont plus ! Peut-être quelques
jours paisibles me seront-ils donnés : mais
plus de charme, plus d'ivresse, jamais un
moment de pure joie; jamais ! et je n'ai pas
vingt-un ans ! et je suis né sensible, ardent ! et je n'ai jamais joui ! et après la
mort...... Rien non plus dans la vie :
rien dans la nature...... Je ne pleurai
point; car je n'ai plus de larmes. Je sentis
que je me refroidissais; je me levai, je
marchai sur la grève; et le mouvement me
fut utile.

Insensiblement je revins à ma première
recherche. Comment me fixer ? le puis-je ?
et quel lieu choisirai-je ? Comment, parmi
les hommes, vivre autrement qu'eux ; ou
comment vivre loin d'eux sur cette terre
dont ils fatiguent les derniers recoins ? Ce
n'est qu'avec de l'argent que l'on peut obtenir même ce que l'argent ne paye pas ;
et que l'on peut éviter ce qu'il procure. La

fortune que je pouvais attendre se détruit.
Le peu que je possède maintenant devient
incertain. Mon absence achèvera peut-être
de tout perdre; et je ne suis point d'un caractère à me faire un sort nouveau. Je crois
qu'il faut en cela laisser aller les choses. Ma
situation tient à des circonstances dont les
résultats sont encore éloignés. Il n'est pas
certain que, même en sacrifiant les années
présentes, je trouvasse les moyens de disposer à mon gré l'avenir. J'attendrai ; je
ne veux pas écouter une prudence inutile
qui me livrerait de nouveau à des ennuis
devenus intolérables. Mais il m'est impossible maintenant de m'arranger pour toujours, de prendre une position fixe, et
une manière de vivre qui ne change plus.
Il faut bien différer, et long-tems peut-être :
ainsi se passe la vie ! Il faut livrer des
années encore aux caprices du sort, à
l'enchaînement des circonstances, à de pré-
tendues convenances. Je vais vivre comme
au hasard, et sans plan déterminé, en
attendant le moment où je pourrai suivre
le seul qui me convienne. Heureux encore

si dans le tems que j'abandonne, je parviens à préparer un tems meilleur : si je puis choisir, pour ma vie future, les lieux, la manière, les habitudes, régler mes affections, me réprimer ; et retenir dans l'isolement et dans les bornes d'une nécessité accidentelle, ce cœur avide et simple, à qui rien ne sera donné : si je puis lui apprendre à s'alimenter lui-même dans son dénûment, à reposer dans le vide, à rester calme dans ce silence odieux, à subsister dans une nature muette.

Vous qui me connaissez, qui m'entendez ; mais qui, plus heureux peut-être et plus sage, cédez sans impatience aux habitudes de la vie ; vous savez quels sont en moi, dans l'éloignement où nous sommes destinés à vivre, les besoins qui ne peuvent être satisfaits. Il est une chose qui me console, c'est de vous avoir : ce sentiment ne cessera point. Mais, nous nous le sommes toujours dit ; il faut que mon ami sente comme moi ; il faut que notre destinée soit la même ; il faut qu'on puisse passer ensemble sa vie. Combien de fois j'ai regretté que nous ne soyons pas ainsi l'un à l'autre ! Avec qui l'intimité sans réserve pourra - t - elle m'être aussi douce, m'être aussi naturelle ? N'avez-vous pas été jusqu'à présent ma seule habitude ? Vous connaissez ce mot admirable : *Est aliquid sacri in antiquis necessitudinibus.* Je suis fâché qu'il n'ait pas été dit par Épicure, ou même par Léontium, plutôt que par un orateur *. Vous êtes le point

---

* Cicéron ne fut point un homme ordinaire, il fut même un grand homme ; il eut de très-grandes qualités, et de très-grands talens ; il remplit un beau rôle ; il écrivit très-bien sur des matières philosophiques : mais je ne vois pas qu'il ait eu l'ame d'un sage. O. n'aimait point qu'on en ait seulement la plume : Il trouvait d'ailleurs qu'un homme d'État rencontre l'occasion de se montrer tout ce qu'il est : il croyait encore qu'un homme d'État peut faire des fautes, mais ne peut pas être faible ; qu'un père de la patrie n'a pas besoin de flatter ; que la vanité est quelquefois la ressource presque inévitable de ceux qui restent inconnus, mais qu'un maître du monde ne peut en avoir que par petitesse d'ame. Je le soupçonne aussi de ne point aimer qu'un consul de Rome pleure *plurimis lacrymis*, parce que madame son

où j'aime à me reposer dans l'inquiétude
qui m'égare, où j'aime à revenir lorsque
j'ai parcouru toutes choses ; et que je me
suis trouvé seul dans le monde. Si nous
vivions ensemble, si nous nous suffisions,
je m'arrêterais là, je connaîtrais le repos,
je ferais quelque chose sur la terre, et ma
vie commencerait. Mais il faut que j'at-
tende, que je cherche, que je me hâte
vers l'inconnu, et que sans savoir où je
vais, je fuie le présent comme si j'avais
quelque espoir dans l'avenir.

Vous excusez mon départ ; vous le jus-
tifiez même : et cependant, indulgent avec
des étrangers, vous n'oubliez pas que

épouse est obligée de changer de demeure. Voilà
probablement sa manière de penser sur cet orateur
dont le génie n'était peut-être pas aussi grand que
les talens. Au reste, en interprétant son sentiment
d'après la manière de voir que ses lettres annoncent,
je crains de me tromper, car je m'aperçois que je
lui prête tout-à-fait le mien. Je suis bien aise que
l'auteur de *de Officiis* ait réussi dans l'affaire de Cati-
lina ; mais je voudrais qu'il eût été grand dans ses
revers.

l'amitié demande une justice plus austère.
Vous avez raison, il le fallait ; c'est là
force des choses. Je ne vois qu'avec une
sorte d'indignation cette vie ridicule que
j'ai quittée : mais je ne m'en impose pas
sur celle que j'attends. Je ne commence
qu'avec effroi des années pleines d'incertitudes, et je trouve quelque chose de
sinistre à ce nuage épais qui reste devant
moi.

LETTRE V.

J'ATTENDAIS pour vous écrire que j'eusse un séjour fixe. Enfin je suis décidé : je passerai l'hiver ici. Je ferai auparavant des courses peu considérables ; mais dès que l'automne sera avancée, je ne me déplacerai plus.

Je devais traverser le canton de Fribourg, et entrer dans le Valais par les montagnes ; mais les pluies m'ont forcé de me rendre à Vevay par Payerne et Lausanne. Le tems était remis lorsque j'entrai à Vevay, mais quelque tems qu'il eût fait, je n'eusse pu me résoudre à continuer ma route en voiture. Entre Lausanne et Vevay le chemin s'élève et s'abaisse continuellement, presque toujours à mi-côte, entre des vignobles assez ennuyeux à mon avis dans une telle contrée. Mais Vevay, Clarens, Chillon, les trois lieues depuis St.-Saphorin jusqu'à

Villeneuve surpassent ce que j'ai vu jusqu'ici. C'est du côté de Rolle qu'on admire
le lac de Genève ; pour moi je ne veux pas
en décider , mais c'est à Vevay , à Chillon
sur-tout , que je le trouve dans toute sa
beauté. Que n'y a-t-il dans cet admirable
bassin , à la vue de la dent de Jamant , de
l'aiguille du Midi et des neiges du Velan ,
là devant les rochers de Meillerie, un sommet sortant des eaux , une île escarpée ,
bien ombragée , de difficile accès ; et , dans
cette île , deux maisons, trois au plus ! je
n'irais pas plus loin. Pourquoi la nature
ne contient-elle presque jamais ce que notre
imagination compose pour nos besoins ?
Ne serait-ce point que les hommes nous
réduisent à imaginer , à vouloir ce que la
nature ne forme pas ordinairement; et que,
si elle se trouve l'avoir préparé quelque
part , ils le détruisent bientôt ?

J'ai couché à Villeneuve , lieu triste dans
un si beau pays. J'ai parcouru , avant la
chaleur du jour , les collines boisées de
St.-Tryphon , et les vergers continuels qui
remplissent la vallée jusqu'à Bex. Je mar-

chais entre deux chaînes d'Alpes d'une grande hauteur : au milieu de leurs neiges, je suivais une route unie le long d'un pays abondant, qui semble avoir été dans des tems reculés presqu'entièrement couvert par les eaux.

La vallée où coule le Rhône depuis Martigny jusqu'au lac, est coupée à-peu-près au milieu par des rochers couverts de pâturages et de forêts, qui forment les premiers gradins des dents de Morcle et du Midi, et qui ne sont séparés que par le lit du fleuve. Vers le nord, ces rocs sont en grande partie couverts de bois de châtaigniers surmontés par des sapins. C'est dans ces lieux un peu sauvages, qu'est ma demeure sur la base de l'aiguille du Midi. Cette cime est l'une des plus belles des Alpes : elle en est aussi l'une des plus élevées, si l'on ne considère pas uniquement sa hauteur absolue, mais aussi son élévation visible, et l'amphithéâtre si bien ménagé qui développe toute la majesté de ses formes. De tous les sommets dont des calculs trigonométriques, ou les estimations du baromètre ont déterminé la

hauteur , je n'en vois aucun , d'après le
simple aperçu des cartes et l'écoulement des
eaux , dont la base soit assise dans des vallées aussi profondes ; je me crois fondé à
lui donner une élévation apparente à-peu-
près aussi grande qu'à aucun autre sommet
de l'Europe.

A la vue de ces gorges habitées , fertiles,
et pourtant sauvages , je quittai la route
d'Italie qui se détourne en cet endroit pour
passer à Bex , et me dirigeant vers le pont
du Rhône , je pris des sentiers à travers des
prés tels que nos peintres n'en font guère.
Le pont , le château et le cours du Rhône
en cet endroit , forment un coup-d'œil
très-pittoresque : quant à la ville , je n'y
vis de remarquable qu'une sorte de simplicité. Son site est un peu triste , mais de la
tristesse que j'aime. Les montagnes sont
belles , la vallée est unie ; les rochers tou-
chent la ville et semblent la couvrir ; le
sourd roulement du Rhône remplit de mélancolie cette terre comme séparée du globe,
et qui paraît creusée et fermée de toutes
parts. Peuplée , cultivée , chargée de fruits

5 *

et de vignes , elle semble pourtant affligée et
embellie de toute l'austérité des déserts ,
lorsque des nuages noirs l'obscurcissent ,
roulent sur les flancs de ses montagnes , en
brunissent les sombres sapins , se rappro-
chent, s'entassent, s'arrêtent immobiles , et
semblent la recouvrir toute entière comme
un toit ténébreux : où lorsque dans un jour
sans nuages , l'ardeur du soleil s'y concentre,
en fait fermenter les vapeurs invisibles ,
agite d'une ardeur importune ce qui respire sous le ciel aride , et fait de sa solitude
trop belle , un amer abandon.

Les pluies froides que je venais d'éprouver en passant le Jorat , qui n'est qu'une
butte auprès des Alpes , et les neiges dont
j'ai vu se blanchir alors les monts de la
Savoye , au milieu de l'été , m'ont fait
penser plus sérieusement à la rigueur , et
plus encore à la durée des hivers dans la
partie élevée de la Suisse. Je desirais réunir
les beautés des montagnes et la température
des plaines. J'espérais trouver dans les
hautes vallées quelques pentes exposées au
midi , précaution bonne pour les beaux

froids, mais très-peu suffisante contre les mois nébuleux, et sur-tout contre la lenteur du printems. Décidé pourtant à ne point vivre ici dans les villes, je me croyais bien dédommagé de ces inconvéniens si je pouvais avoir pour hôtes de bons montagnards, dans une simple vacherie, à l'abri des vents froids, près d'un torrent, dans les pâturages et les sapins toujours verts.

L'événement en a décidé autrement. J'ai trouvé ici un climat doux ; non pas dans les montagnes, à la vérité, mais entre les montagnes. Je me suis laissé entraîner à rester près de St.-Maurice. Je ne vous dirai point comment cela s'est fait ; et je serais très-embarrassé s'il fallait que je m'en rendisse compte.

Ce que vous pourrez d'abord trouver bizarre, c'est que l'ennui profond que j'ai épouvé ici pendant quatre jours pluvieux, a beaucoup contribué à m'y arrêter. Le découragement m'a pris : j'ai craint pour l'hiver, non pas l'ennui de la solitude, mais l'ennui de la neige. Du reste j'ai été décidé involontairement, sans choix, et par une sorte d'instinct qui semblait me dire que tel était ce qui arriverait.

Quand on vit que je songeais à m'arrêter dans le pays, plusieurs personnes me témoignèrent de l'empressement d'une manière obligeante et simple. Le propriétaire d'une maison fort jolie et voisine de la ville fut le seul avec qui je me liai. Il me pressa d'habiter sa campagne, ou de choisir entre d'autres, dont il me parla, et qui appartenaient à ses amis. Mais je voulais une situation pittoresque, et une maison où je fusse seul. Heureusement je sentis à tems, que si j'allais voir ces diverses demeures, je me laisserais engager par complaisance, ou par faiblesse, à en prendre une, quand même elles seraient toutes fort éloignées de ce que je desirais. Alors le regret d'un mauvais choix ne m'aurait laissé d'autre parti honnête à prendre que de quitter tout-à-fait l'endroit. Je lui dis franchement mes motifs, et il me parut les goûter assez. Je me mis à parcourir les environs, à visiter les sites qui me plaisaient davantage, et à chercher une demeure au hasard, sans m'informer même s'il y en avait dans ces endroits-là.

Je cherchais depuis deux jours : et c'était dans un pays où près de la ville on trouve des lieux reculés comme au fond des déserts, et où par conséquent je n'avais destiné que trois jours à des recherches que je ne voulais pas étendre au loin. J'avais vu beaucoup d'habitations dans des lieux qui ne me convenaient point, et plusieurs sites heureux sans bâtimens, ou dont les maisons de pierre et de construction misérable, commençaient à me faire renoncer à mon projet, lorsque j'aperçus un peu de fumée derrière de nombreux châtaigniers.

Les eaux, l'épaisseur des ombrages, la solitude des prés de toute cette pente me plaisaient beaucoup : mais elle est inclinée vers le nord, et comme je voulais une exposition plus favorable, je ne m'y serais pas arrêté sans cette fumée. Après avoir fait bien des détours, après avoir passé des ruisseaux rapides, je parvins à une maison isolée à l'entrée des bois et dans les prés les plus solitaires. Un logement passable, une grange en bois, un potager fermé d'un large ruisseau, deux fontaines d'une bonne eau, quelques rocs, le bruit des torrens, la terre par-tout inclinée, des haies vives, une végétation abondante, un pré universel prolongé sous les hêtres épars et sous les châtaigniers jusqu'aux sapins de la montagne : tel est Charrières. Dès le même soir je pris des arrangemens avec le fermier ; puis j'allai voir le propriétaire qui demeure à Montey, une demi-lieue plus loin. Il me fit les offres les plus obligeantes. Nous convînmes aussitôt, mais d'une manière moins favorable pour moi que sa première proposition. Ce qu'il voulait d'abord, n'eût pu être accepté que par un ami ; et ce qu'il me força d'accepter, eût paru généreux de la part d'une ancienne connaissance. Il faut que cette manière d'agir soit comme naturelle dans quelques lieux, sur-tout dans certaines familles. Lorsque j'en parlai dans la sienne à St.-Maurice, je ne vis point que cela surprît personne.

Je veux jouir de Charrières avant l'hiver. Je veux y être pour la récolte des châtaignes, et j'ai bien résolu de ne pas perdre la tranquille automne.

Dans vingt jours je prends possession de la maison, de la châtaigneraie, d'une partie des prés et des vergers. Je laisse aux fermiers l'autre partie des pâturages et des fruits, le jardin potager, l'endroit destiné au chanvre, et sur-tout le terrain labouré.

Le ruisseau traverse circulairement la partie que je me suis réservée. Ce sont les plus mauvaises terres, mais les plus beaux ombrages et les recoins les plus solitaires. La mousse y nuit à la récolte des foins ; les châtaigniers, trop pressés, y donnent peu de fruit ; l'on n'y a ménagé aucune vue sur la longue vallée du Rhône ; tout y est sauvage et abandonné : on n'a pas même débarrassé un endroit resserré entre les rocs, où les arbres renversés par le vent et consumés de vétusté, arrêtent la vase et forment une sorte de digue : des aunes et des coudriers y prirent racine, et rendent ce passage comme impénétrable. Cependant le ruisseau filtre à travers ces débris ; il en sort tout rempli d'écume pour

former un bassin naturel d'une grande
pureté. De-là il s'échappe entre les rocs ;
il roule sur la mousse ses flots précipités ;
et , beaucoup plus bas , il ralentit son
cours, quitte les ombrages , et passe devant
la maison sous un pont de trois planches
de sapin.

On dit que les loups chassés par l'abondance des neiges , descendent , en hiver ,
chercher jusques-là les os et les restes des
viandes qu'il faut à l'homme même dans les
vallées pastorales. La crainte de ces animaux a long-tems laissé cette demeure
inhabitée. Pour moi ce n'est pas les loups
que j'y craindrai. Que les hommes me laissent libres, du moins près de leurs antres !

LETTRE VI.

St.-Maurice, 26 Août, I.

Un instant peut changer nos affections, mais ces instans sont rares.

C'était hier : j'ai remis au lendemain pour vous écrire ; je ne voulais pas que ce trouble passât si vîte. J'ai senti que je touchais quelque chose dans le vide. J'avais comme de la joie, je me suis laissé aller ; il est toujours bon de savoir ce que c'est.

N'allez pas rire de moi, parce que j'ai fait tout un jour comme si je perdais la la raison. Il s'en est peu fallu, je vous assure, que je n'aie été assez simple pour ne pas soutenir ma folie un quart-d'heure.

J'entrais à St.-Maurice. Une voiture de voyage allait au pas, et plusieurs personnes descendaient aussi le pont. Vous savez déjà que de ce nombre était une femme. Mon habillement français me fit apparemment remarquer; je fus salué. Sa bouche est ronde; son regard.........pour sa taille , pour tout le reste, je ne le sais pas plus que je ne sais son âge : je ne m'inquiète pas de tout cela : il se peut même qu'elle ne soit pas très-jolie.

Je n'ai point examiné dans quelle auberge ils allaient, mais je suis resté à St.-Maurice. Je crois que l'aubergiste , (c'est chez lui que je vais toujours) m'aura mis à la même table parce qu'ils sont Français : il me semble qu'il me l'a proposé. Vous pensez bien que je n'ai pas fait chercher quelque chose de délicat pour le dessert afin de lui en offrir.

J'ai passé le reste de la journée près du Rhône. Ils doivent être partis ce matin ; ils vont jusqu'à Sion : c'est le chemin de Leuck , où l'un des voyageurs va prendre les bains. On dit que la route est belle.

C'est une chose étonnante que l'accablement où un homme qui a quelque force laisse consumer sa vie , pendant qu'il faut si peu pour le tirer de sa léthargie.

Croyez-vous qu'un homme qui achève

son âge sans avoir aimé , soit vraiment entré dans les mystères de la vie, que son cœur lui soit bien connu, et que l'étendue de son existence lui soit dévoilée ! Il me semble qu'il est resté comme en suspens ; et qu'il n'a vu que de loin ce que le monde aurait été pour lui.

Je ne me tais pas avec vous, parce que vous ne direz point : le voilà amoureux. Jamais ce sot mot, qui rend ridicule celui qui le dit ou celui de qui on le dit, ne sera dit de moi, je l'espère, par d'autres que par des sots.

Quand deux verres de punch ont écarté nos défiances , ont pressé nos idées , dans cette impulsion qui nous soutient , nous croyons que désormais nous allons avoir plus de force dans le caractère et vivre plus libres ; mais le lendemain matin nous nous ennuyons un peu plus.

Si le tems n'était pas à l'orage, je ne sais comment je passerais la journée : mais le tonnerre retentit déjà dans les rochers, le vent devient très-violent ; j'aime beaucoup tout ce mouvement des airs. S'il pleut

l'après-midi, il y aura de la fraîcheur, et
du moins je pourrai lire auprès du feu.

Le courrier qui va arriver dans une heure,
doit m'apporter des livres depuis Lausanne
où je suis abonné; mais s'il m'oublie, je
ferai mieux, et le tems se trouvera passé de
même; je vous écrirai, pourvu que j'aie
seulement le courage de commencer.

LETTRE VII.

St.-Maurice , 3 Septembre , L.

Je suis monté hier jusqu'à la région des glaces perpétuelles , sur la dent du Midi. Avant que le soleil parût dans la vallée , j'étais déjà parvenu sur le massif de roc qui domine la ville , et je traversais le re-plain* en partie cultivé , qui le couvre. Je continuai par une pente rapide , à travers d'épaisses forêts de sapins dont plusieurs parties furent couchées par d'anciens hivers : ruines fécondes , vaste et confus amas d'une végétation morte et reproduite de ses vieux débris. A huit heures j'atteignis le sommet découvert qui surmonte cette pente , et qui forme le premier degré

---

* Ce mot, qu'il serait difficile de remplacer par une expression aussi juste, a été adopté ici apparemment pour cette raison : comme il est usité dans les Alpes, je ne l'ai point changé.

remarquable de la masse étonnante dont la cime restait encore si loin de moi. Alors je renvoyai mon guide, je m'essayai avec mes propres forces ; je voulais que rien de mercenaire n'altérât cette liberté alpestre, et que nul homme de la plaine n'affaiblît l'austérité d'une région sauvage. Je sentis s'agrandir mon être ainsi livré seul aux obstacles et aux dangers d'une nature difficile, loin des entraves factices et de l'industrieuse oppresion des hommes.

Je voyais avec une sorte de fermeté voluptueuse, s'éloigner rapidement le seul homme que je dusse trouver dans ces vastes précipices. Je laissai à terre montre, argent, tout ce qui était sur moi, et à-peu-près tous mes vêtemens, et je m'éloignai sans prendre soin de les cacher. Ainsi, direz-vous, le premier acte de mon indépendance fut au moins une bizarrerie ; et je ressemblai à ces enfans trop contraints, qui ne font que des étourderies lorsqu'on les laisse à eux-mêmes. Je conviens qu'il y eut bien quelque puérilité dans mon empressement de tout abandonner, et dans

accoutrement nouveau ; mais enfin j'en
marchais plus à mon aise , et tenant le plus
souvent entre les dents la branche que
j'avais coupée pour m'aider dans les des-
centes , je me mis à gravir avec les mains
la crête de rocs qui joint ce sommet secondaire à la masse principale. Plusieurs fois
je me traînai entre deux abîmes dont je
n'apercevais pas le fond. Je parvins ainsi
jusqu'aux granits.

Mon guide m'avait dit que je ne pourrais
pas m'élever davantage. Je fus en effet arrêté long-tems ; mais enfin je trouvai , en
redescendant un peu , des passages plus
praticables ; et les gravissant avec l'audace
d'un montagnard , j'arrivai à une sorte de
bassin rempli d'une neige glacée et encroû-
tée que les étés n'ont jamais fondue. Je
montai encore beaucoup ; mais , parvenu
au pied du pic le plus élevé de toute la
dent , je ne pus en atteindre la pointe dont
l'escarpement se trouvait à peine incliné ,
et qui m'a paru passer d'environ cinq cents
pieds le point où j'étais.

Quoique j'eusse traversé peu de neiges ,

comme je n'avais pris aucunes précautions
contre elles , mes yeux fatigués de leur
éclat et brûlés par la réflexion du soleil de
midi sur leur surface glacée , ne purent
bien discerner les objets. D'ailleurs beaucoup des sommets que j'apercevais me sont
inconnus : je n'ai pu être certain que des
plus remarquables. Depuis que je suis en
Suisse , je ne lis que de Saussure , Bourrit ,
Tableaux de la Suisse , etc. , mais je suis
encore fort étranger dans les Alpes. Je n'ai
pu néanmoins méconnaître la cime colossale
du Mont-Blanc qui s'élevait sensiblement
au-dessus de moi ; celle du Velan ; une
autre plus éloignée , mais plus haute , que
je suppose être le Mont-Rosa ; et la dent de
Morcle , de l'autre côté de la vallée , vis-
à-vis , près de moi , mais plus bas , par
de-là les abîmes. Le bloc de granit que je
ne pouvais monter nuisait beaucoup à la
partie la plus frappante peut-être de cet
immense tableau. C'est derrière lui que
s'étendaient les longues profondeurs du
Valais , bordées de l'un et de l'autre côté
par les glaciers de Sanetz , de Lauter-brun-

nen et des Pennines, et terminées par
les dômes du Gothard et du Titlis, les
neiges de la Furca, les pyramides du
Schreckhorn et du Finster-aar-horn.

Mais cette vue des sommets abaissés sous
les pieds de l'homme : cette vue si grande,
si imposante, si éloignée de la monotone
nullité du paysage des plaines, n'était pas
encore ce que je cherchais dans la nature
libre, dans l'immobilité silencieuse, dans
l'air pur. Sur les terres basses, c'est une
nécessité que l'homme naturel soit sans
cesse altéré, en respirant cette atmosphère
sociale si épaisse, si orageuse, si pleine
de fermentation, toujours ébranlée par le
bruit des arts, le fracas des plaisirs osten-
sibles, les cris de la haine et les perpétuels
gémissemens de l'anxiété et des douleurs.
Mais là, sur ces monts déserts, où le ciel
est plus immense; où l'air est plus fixe,
et les tems moins rapides, et la vie plus
permanente : là, la nature entière exprime
éloquemment un ordre plus grand, une
harmonie plus visible, un ensemble éternel:
là, l'homme retrouve sa forme altérable

mais indestructible ; il respire l'air sauvage
loin des émanations sociales ; son être est
à lui comme à l'univers : il vit d'une vie
réelle dans l'unité sublime.

Volà ce que je voulais éprouver ; ce que
je cherchais du moins. Incertain de moi-
même dans l'ordre de choses arrangé à
grands frais par d'ingénieux enfans *, je
suis monté demander à la nature pourquoi
je suis mal au milieu d'eux. Je voulais
savoir enfin si mon existence est étrangère

---

* Jeune homme qui sentez comme lui, ne décidez
point que vous sentirez toujours de même. Vous ne
changerez pas, mais les tems vous calmeront : vous
mettrez ce qui est, à la place de ce que vous ai-
miez. Vous vous lasserez ; vous voudrez une vie
commode : ce consentement est très-commode. Vous
direz : Si l'espèce subsiste, chaque individu ne faisant que passer, c'est peu la peine qu'il raisonne
pour lui-même et qu'il s'inquiète. Vous chercherez
des délassemens ; vous vous mettrez à table, vous
verrez le côté bizarre de chaque chose, vous sou-
rirez dans l'intimité. Vous trouverez une sorte de
mollesse assez heureuse dans votre ennui même :
et vous passerez, en oubliant que vous n'avez pas
vécu. Plusieurs ont enfin passé de même.

dans l'ordre humain , ou si l'ordre social actuel s'éloigne de l'harmonie éternelle , comme une sorte d'irrégularité ou d'exception accidentelle dans le mouvement du monde. Enfin je crois être sûr de moi. Il est des momens qui dissipent la défiance, les préventions , les incertitudes; et où l'on connaît ce qui est , par une impérieuse et inébranlable conviction.

Qu'il soit donc ainsi. Je vivrai misérable et presque ridicule sur une terre assujettie aux caprices de ce monde éphémère ; opposant à mes ennuis cette conviction qui me place intérieurement auprès de l'homme tel qu'il serait. Et s'il se rencontre quelqu'un d'un caractère assez peu flexible pour que son être formé sur le modèle antérieur, ne puisse être livré aux empreintes sociales : si , dis-je , le hasard me fait rencontrer un tel homme , nous nous entendrons ; il me restera ; je serai à lui pour toujours ; nous reporterons l'un vers l'autre nos rapports avec le reste du monde ; et , quittés des autres hommes dont nous plaindrons les vains besoins , nous suivrons , s'il se peut;

une vie plus naturelle , plus égale. Cependant qui pourra dire si elle serait plus heureuse , sans accord avec les choses , et passée au milieu des peuples souffrans ?

Je ne saurais vous donner une idée juste de ce monde nouveau ; ni vous exprimer la permanence des monts , dans une langue des plaines. Les heures m'y semblaient à-la-fois et plus tranquilles et plus fécondes: et comme si le roulement des astres eût été ralenti dans le calme universel , je trouvais dans la lenteur et l'énergie de ma pensée , une succession que rien ne précipitait et qui pourtant devançait son cours habituel. Quand je voulus estimer sa durée , je vis que le soleil ne l'avait pas suivie ; et je jugeai que le sentiment de l'existence est réellement plus pesant et plus stérile dans l'agitation des terres humaines. Je vis que malgré la lenteur des mouvemens apparens, c'est dans les montagnes , sur leurs cimes paisibles , que la pensée , moins pressée , est plus véritablement active : l'homme des vallées consume , sans en jouir , sa durée inquiète et irritable ; semblable à ces insectes toujours mobiles qui perdent leurs efforts en vaines oscillations , et que d'autres , aussi faibles mais plus tranquilles, laissent derrière eux dans leur marche directe et toujours soutenue.

La journée était ardente , l'horizon fumeux , et les vallées vaporeuses. L'éclat des glaces remplissait l'atmosphère inférieure de leurs reflets lumineux ; mais une pureté inconnue semblait essentielle à l'air que je respirais. A cette hauteur, nulle exhalaison des lieux bas , nul accident de lumière ne troublait , ne divisait la vague et sombre profondeur des cieux. Leur couleur apparente n'était plus ce bleu pâle et éclairé, doux revêtement des plaines , agréable et délicat mélange qui forme à la terre habitée une enceinte visible où l'œil se repose et s'arrête. Là l'éther indiscernable laissait la vue se perdre dans l'immensité sans bornes ; au milieu de l'éclat du soleil et des glacières , chercher d'autres mondes et d'autres soleils comme sous le vaste ciel des nuits ; et par-dessus l'atmosphère embrasée des feux du jour , pénétrer un univers nocturne.

Insensiblement des vapeurs s'élevèrent des glacières et formèrent des nuages sous mes pieds. L'éclat des neiges ne fatigua plus mes yeux, et le ciel devint plus sombre encore et plus profond. Un brouillard couvrit les Alpes, quelques pics isolés sortaient seuls de cet océan de vapeurs; de filets de neige éclatante retenus dans les fentes de leurs aspérités, rendaient le granit plus noir et plus sévère. Le dôme neigeux du Mont-Blanc élevait sa massse inébranlable sur cette mer grise et mobile, sur ces brumes amoncelées que le vent creusait et soulevait en ondes immenses. Un point noir parut dans leurs abîmes; il s'éleva rapidement, il vint droit à moi, c'était le puissant aigle des Alpes, ses aîles étaient humides et son œil farouche; il cherchait une proie, mais à la vue d'un homme il se mit à fuir avec un cri sinistre, il disparut en se précipitant dans les nuages. Ce cri fut vingt fois répété; mais par des sons secs, sans aucun prolongement, semblables à autant de cris isolés dans le silence universel. Puis tout rentra dans un calme ab-

solu ; comme si le son lui-même eût cessé
d'être, et que la propriété des corps sonores
eût été effacée de l'univers. Jamais le silence n'a été connu dans les vallées tumul-
tueuses : ce n'est que sur les cimes froides
que règne cette immobilité, cette solennelle permanence que nulle langue n'exprimera , que l'imagination n'atteindra
pas. Sans les souvenirs apportés des plaines,
l'homme n'y pourrait croire qu'il soit hors
de lui quelque mouvement dans la nature;
le cours même des astres lui serait inexplicable ; et jusqu'aux variations des vapeurs
tout lui semblerait subsister dans le changement même. Chaque moment présent
lui paraissant continu, il aurait la certitude
sans avoir jamais le sentiment de la succession des choses ; et les perpétuelles muta-
tions de l'univers seraient à sa pensée un
mystère impénétrable.

Je voudrais avoir conservé des traces
plus sûres non pas de mes sensations générales dans ces contrées muettes, elles ne
seront point oubliées , mais des idées
qu'elles amenèrent et dont ma mémoire

n'a presque rien gardé. Dans des lieux si
différens, l'imagination peut à peine rappeler un ordre de pensées que semblent
repousser tous les objets présens. Il eût
fallu écrire ce que j'éprouvais ; mais alors
j'eusse bientôt cessé de sentir d'une manière
extraordinaire. Il y a dans ce soin de conserver sa pensée pour la retrouver ailleurs,
quelque chose de servile, et qui tient aux
soins d'une vie dépendante. Ce n'est pas
dans les momens d'énergie que l'on s'occupe des autres tems ou des autres hommes :
on ne penserait pas alors pour des convenances factices, pour la renommée, ou
même pour l'utilité publique. On est plus
naturel, on ne pense pas même pour user
du moment présent : on ne commande pas
à ses idées, on ne veut pas réfléchir, on
ne demande pas à son esprit d'approfondir
une matière, de découvrir des choses cachées, de trouver ce qui n'a pas été dit.
La pensée n'est pas active et réglée, mais
passive et libre : on songe, on s'abandonne ;
on est profond sans esprit, grand sans
enthousiasme, énergique sans volonté ;

on rêve , on ne médite point. Ne soyez pas surpris que je n'aie rien à vous dire après avoir eu pendant plus de six heures des sensations et des idées que ma vie entière ne ramènera peut-être pas. Vous savez comment fut trompée l'attente de ces hommes du Dauphiné qui herborisaient avec J. J. Ils parvinrent à un sommet dont la position était propre à échauffer un génie poétique : ils attendaient un beau morceau d'éloquence ; l'auteur de Julie s'assit à terre , se mit à jouer avec quelques brins d'herbe , et ne dit mot.

Il pouvait être cinq heures lorsque je remarquai combien les ombres s'alongaient, et que j'éprouvai quelque froid dans l'angle ouvert au couchant où j'étais resté longtems immobile sur le granit. Je n'y pouvais prendre de mouvement : la marche était trop difficile sur ces escarpemens. Les vapeurs étaient dissipées ; et je vis que la soirée serait belle , même dans les vallées.

J'aurais été dans un vrai danger si les nuages se fussent épaissis; mais je n'y avais pas songé jusqu'à ce moment. La couche

d'air grossier qui enveloppe la terre m'était
trop étrangère dans l'air pur que je respirais,
vers les confins de l'éther : et toute prudence s'était éloignée de moi, comme si
elle n'eût été qu'une convenance de la vie
factice.

En redescendant sur la terre habitée, je
sentis que je reprenais la longue chaîne des
sollicitudes et des ennuis. Je rentrai à dix
heures : la lune donnait sur ma fenêtre.
Le Rhône roulait avec bruit : il ne faisait
aucun vent ; tout dormait dans la ville. Je
songeai aux monts que je quittais, à Charrières que je vais habiter, à la liberté que
je me suis donnée.

LETTRE VIII.

St.-Maurice , 14 septembre, I.

JE reviens d'une course de plusieurs jours
dans les montagnes. Je ne vous en dirai
rien ; j'ai bien d'autres choses à vous apprendre. J'avais découvert un sito étonnant,
et je me promettais d'y retourner plusieurs
fois , car il n'est pas loin de St.-Maurice.
Avant de me coucher , j'ouvris une lettre ;
elle n'était point de votre écriture : le mot
pressée, écrit d'une manière très-apparente,
me donna de l'inquiétude. Tout est suspect
à celui qui n'échappe qu'avec peine à d'anciennes contraintes. Dans mon repos, tout
changement devait me répugner ; je n'attendais rien de favorable , et je pouvais
beaucoup craindre.

Je crois que vous soupçonnerez facilement ce dont il s'agit. Je fus frappé , accablé ; puis je me décidai à tout négliger , à

tout surmonter , à abandonner pour toujours ce qui me rapprocherait des choses
que j'ai quittées. Cependant après bien des
incertitudes , plus sensé ou plus faible ,
j'ai cru voir qu'il fallait perdre un tems
pour assurer le repos de l'avenir. Je cède ;
j'abandonne Charrières , et je me prépare
à partir. Nous parlerons de cette malheureuse affaire.

Ce matin je ne pouvais supporter la
pensée d'un si grand changement ; et même
je me mis à délibérer de nouveau. Enfin
j'allai à Charrières prendre d'autres dispositions et annoncer mon départ. C'est là
que je me suis décidé irrévocablement. Je
voulais écarter l'idée de la saison qui s'a-
vance , et des ennuis dont je sens déjà le
poids. J'ai été dans les prés ; on les fauchait
pour la dernière fois. Je me suis arrêté sur
un roc pour ne voir que le ciel , il se voilait
de brumes. J'ai regardé les châtaigniers ,
j'ai vu des feuilles qui tombaient. Alors je
me suis rapproché du ruisseau , comme si
j'eusse craint qu'il ne fût aussi tari ; mais
il coulait toujours.

Inexplicable nécessité des choses humaines ! Je vais à Lyon. J'irai à Paris, voilà qui est résolu. Adieu. Plaignons l'homme qui trouve bien peu, et à qui ce peu est encore enlevé.

- Enfin, du moins, nous nous verrons à Lyon.

LETTRE IX.

Lyon ; 22 Octobre , I.

JE partis pour Méterville le surlendemain de votre départ de Lyon. J'y ai passé dix-huit jours. Vous savez quelle inquiétude m'environne , et de quels misérables soins je suis embarrassé sans avoir rien de satisfaisant à m'en promettre. Mais attendant une lettre qui ne pouvait arriver qu'au bout de douze à quinze jours, j'allai passer ce tems à Méterville.

Si je ne sais pas rester indifférent et calme au milieu des ennuis dont je dois m'occuper , et dont l'issue paraît dépendre de moi ; je me sens au moins capable de les oublier absolument dès que je n'y puis rien faire. Je sais attendre avec sécurité l'avenir quelque alarmant qu'il puisse être , dès que le soin de le prévenir ne demandant plus mon attention présente , je puis en suspendre le souvenir et en détourner ma pensée.

En effet je ne chercherais pas, pour les plus beaux jours de ma vie, une paix plus profonde que la sécurité de ce court intervalle. Il fut pourtant obtenu entre des sollicitudes dont le terme ne saurait être prévu: et comment ? par des moyens si simples qu'ils feraient rire tant d'hommes à qui ce calme ne sera jamais connu.

Cette terre est peu considérable, et dans une situation plus tranquille que brillante. Vous connaissez ses maîtres, leurs caractères, leurs procédés, leur amitié simple, leurs manières attachantes. J'y arrivai dans un moment favorable. On devait le lendemain commencer à cueillir le raisin d'un grand treillage exposé au midi et qui regarde les bois d'Armand. Il fut décidé à souper que ce raisin destiné à faire une pièce de vin soigné, serait cueilli par nos mains seules, et avec choix, pour laisser quelque jours à la maturité des grappes les moins avancées. Le lendemain, dès que le brouillard fut un peu dissipé, je mis un van sur

une brouette ; et j'allais le premier au fonds
du clos commencer la récolte : je la fis presque seul , sans chercher un moyen plus
prompt ; j'aimais cette lenteur ; je voyais
à regret quelqu'autre y travailler : elle dura,
je crois, douze jours. Ma brouette allait et
revenait dans des chemins négligés et remplis d'une herbe humide ; je choisissais les
moins unis , les plus difficiles : et les jours
coulaient ainsi dans l'oubli , au milieu des
brouillards , parmi les fruits , au soleil
d'automne. Et quand le soir était venu ,
on versait du thé dans du lait encore chaud;
on riait des hommes qui cherchent le plaisir , on se promenait derrière de vieilles
charmilles , et l'on se couchait content.
J'ai vu les vanités de la vie , et je porte en
mon cœur l'ardent principe de ses plus
vastes passions. J'y porte aussi le sentiment
des grandes choses sociales , et celui de
l'ordre philosophique: j'ai lu Marc-Aurèle,
il ne m'a point surpris; je conçois les vertus
difficiles , et jusqu'à l'héroïsme des monas-
tères. Tout cela peut animer mon ame , et
ne la remplit pas. Cette brouette que je

charge de fruits et pousse doucement, la soutient mieux. Il semble qu'elle voiture paisiblement mes heures, et que son mouvement utile et lent, sa marche mesurée conviennent à l'habitude ordinaire de la vie.

_____

LETTRE X.

Paris , 20 juin , seconde année.

Rien ne se termine : les misérables affaires qui me retiennent ici se prolongent chaque jour ; et plus je m'irrite de ces retards, plus leur terme devient incertain. Les faiseurs d'affaires pressent les choses avec le sang froid de gens à qui leur durée est habituelle , et qui d'ailleurs se plaisent dans cette marche lente et embarrassée digne de leur ame astucieuse , et si commode pour leurs ruses cachées. J'aurais plus de mal à vous en dire s'ils m'en faisaient moins : au reste vous savez mon opinion constante sur ce métier que j'ai toujours regardé comme le plus plat et le plus funeste. Un homme de loi me promène de difficultés en difficultés : croyant que je dois être intéressé et sans droiture , il marchande pour sa partie ; il pense, en m'excédant de lenteurs et de formalités, me réduire à donner ce que je ne puis accorder, puisque je ne l'ai pas. Ainsi après avoir passé six mois à Lyon malgré moi, je suis encore condamné à en passer davantage peut-être ici.

L'année s'écoule : en voilà une encore à retrancher de mon existence. J'ai perdu le printems presque sans murmure , mais l'été dans Paris ! Je passe une partie du tems dans les dégoûts inséparables de ce qu'on appelle faire ses affaires : et quand je voudrais rester en repos le reste du jour, et chercher dans ma demeure une sorte d'asile contre ces longs ennuis , j'y trouve un ennui plus intolérable. J'y suis dans le silence au milieu du bruit ; et seul je n'ai rien à faire dans un monde turbulent. Il n'y a point ici de milieu entre l'inquiétude et l'inaction ; il faut s'ennuyer si l'on n'a des affaires et des passions. Je suis là , ne sa-chant que faire , dans ma chambre ébranlée du retentissement perpétuel de tous les cris , de tous les travaux , de toute l'in-quiétude d'un peuple actif. J'ai sous ma fenêtre une sorte de place publique rem-

plie de charlatans , de faiseurs de tours ,
de marchandes de fruits et de crieurs de
tous genres. Vis-à-vis est le mur élevé
d'un monument public ; le soleil l'éclaire
depuis deux heures jusqu'au soir : cette
masse blanche et aride tranche durement
sur le ciel bleu ; et les plus beaux jours
sont pour moi les plus pénibles. Un col-
porteur infatigable répète les titres de ses
journaux : sa voix dure et monotone semble ajouter à l'aridité de cette place brûlée
du soleil : et si j'entends quelque blan-
chisseuse chanter à sa fenêtre sous les toits,
je perds patience et je m'en vais. Voici trois
jours qu'un pauvre estropié et ulcéré se
place au coin d'une rue tout près de moi ,
et là il demande d'une voix élevée et lamentable durant douze grandes heures. Imaginez l'effet de cette plainte répétée à inter-
valles égaux pendant les beaux jours fixes.
Il faut que je reste dehors tout le jour jusqu'à ce qu'il change de place. Mais où
aller ? je connais ici très-peu de monde ;
ce serait un grand hasard que dans si peu
de personnes il y en eût une seule à qui je

convinsse : aussi ne vais-je nulle part. Pour les promenades publiques il y en a de fort belles à Paris ; mais pas une où je puisse rester une demi-heure sans ennui.

Je ne connais rien qui fatigue tant nos jours que cette perpétuelle lenteur de toutes choses. Elle retient sans cesse dans un état d'attente : elle fait que la vie s'écoule avant que l'on ait atteint le point où l'on prétendait commencer à vivre. De quoi me plaindrai-je pourtant ? combien peu d'hommes ne perdent pas leur vie ! Et ceux qui la passent dans les cachots construits par la bienfaisance des lois ! Mais comment peut-il se résoudre à vivre celui qui supporte dans un cachot vingt années de jeunesse ? il ignore toujours combien il y doit rester encore : si le moment de la délivrance était proche ! J'oubliais ceux qui n'oseraient finir volontairement : les hommes ne leur ont pas au moins permis de mourir. Et nous osons gémir sur nous-mêmes !

LETTRE XI.

Paris , 27 juin , II.

Je passe assez souvent deux heures à la bibliothèque : non pas précisément pour m'instruire , ce desir-là se refroidit sensiblement ; mais parce que ne sachant trop avec quoi remplir ces heures qui pourtant coulent irréparables , je les trouve moins pénibles quand je les emploie au dehors , que s'il faut les consumer chez moi. Des occupations un peu commandées me conviennent dans mon découragement : trop de liberté me laisserait dans l'indolence. J'ai plus de tranquillité entre des gens silencieux comme moi, que seul au milieu d'une population tumultueuse. J'aime ces longues salles, les unes solitaires, les autres remplies de gens attentifs , antique et froid dépôt des efforts et de toutes les vanités humaines.

Quand je lis Bougainville , Chardin , Laloubère, je me pénètre de l'ancienne mémoire des terres épuisées , de la renommée d'une sagesse lointaine, ou de la jeunesse des îles heureuses : mais oubliant enfin et Persépolis, et Benarès, et Tinian même , je réunis les tems et les lieux dans le point présent où les conceptions humaines les perçoivent tous. Je vois ces esprits avides qui acquièrent dans le silence et la contention, tandis que l'éternel oubli, roulant sur leurs têtes savantes et séduites , amène leur mort nécessaire , et va dissiper en un moment de la nature, et leur être , et leur pensée , et leur siècle.

Les salles environnent une cour longue, tranquille , couverte d'herbe , où sont deux ou trois statues , quelques ruines , et un bassin d'eau verte qui paraît ancienne comme ces monumens. Je sors rarement sans m'arrêter un quart-d'heure dans cette enceinte silencieuse. J'aime à rêver en marchant sur ces vieux pavés que l'on a tirés des carrières, pour préparer aux pieds de l'homme une surface sèche et stérile.

Mais le tems et l'abandon les remettent en quelque sorte sous la terre en les recouvrant d'une couche nouvelle, et en redonnant au sol sa végétation et des teintes de son aspect naturel. Quelquefois je trouve ces pavés plus éloquens que les livres que je viens d'admirer.

Hier, en consultant l'Encyclopédie, j'ouvris le volume à un endroit que je ne cherchais pas, et je ne me rappelle pas quel était cet article : mais il s'agissait d'un homme qui, fatigué d'agitations et de revers, se jeta dans une solitude absolue par une de ces résolutions victorieuses des obstacles, et qui font qu'on s'applaudit tous les jours d'en avoir eu un de volonté forte. L'idée de cette vie indépendante n'a rappelé à mon imagination ni les libres solitudes de l'Imaüs, ni les îles faciles de la Pacifique, ni les Alpes plus accessibles et déjà tant regrettées. Mais un souvenir distinct, m'a présenté d'une manière frappante, et avec une sorte de suprise et d'inspiration, les rochers stériles et les bois de Fontainebleau.

Il faut que je vous parle davantage de ce lieu un peu étranger au milieu de nos campagnes. Vous comprendrez mieux alors comment je m'y suis fortement attaché.

Vous savez que, jeune encore, je demeurai quelques années à Paris. Les parens avec qui j'étais, malgré leur goût pour la ville, passèrent plusieurs fois le mois de septembre à la campagne chez des amis. Une année ce fut à Fontainebleau, et deux autres fois depuis nous allâmes chez ces mêmes personnes qui demeurèrent alors au pied de la forêt, vers la rivière. J'avais, je crois, quatorze; quinze et dix-sept ans lorsque je vis Fontainebleau. Après une enfance casanière, inactive et ennuyée, si je sentais en homme à certains égards, j'étais enfant à beaucoup d'autres. Embarrassé, incertain; pressentant tout peut-être, mais ne connaissant rien; étranger à ce qui m'environnait, je n'avais d'autre caractère décidé que d'être inquiet et malheureux. La première fois je n'allais point seul dans la forêt; je me rappelle peu de ce que j'y éprouvais, je sais seulement que je préférai ce lieu à tous ceux que j'avais vus, et qu'il fut le seul où je desirai de retourner. L'année suivante, je parcourus avidemment ces solitudes ; je m'y égarais à dessein, content lorsque j'avais perdu toute trace de ma route et que je n'apercevais aucun chemin fréquenté. Quand j'atteignais l'extrémité de la forêt, je voyais avec peine ces vastes plaines nues et ces rochers dans l'éloignement. Je retournais aussitôt, je m'enfonçais dans le plus épais du bois ; et quand je trouvais un endroit découvert et fermé de toutes parts, où je ne voyais que des sables et des genièvres, j'éprouvais un sentiment de paix, de liberté, de joie sauvage, pouvoir de la nature sentie pour la première fois dans l'âge facilement heureux. Je n'étais pas gai pourtant : presque heureux, je n'avais que l'agitation du bien-être. Je m'ennuyais en jouissant, et je rentrais toujours triste. Plusieurs fois j'étais dans les bois avant que le soleil parût. Je gravissais les sommets encore dans l'ombre ; je me mouillais dans la bruyère pleine de rosée ; et quand le soleil paraissait , je regrettais la clarté incertaine qui précède l'aurore. J'aimais les fondrières, les vallons obscurs , les bois épais ; j'aimais les collines couvertes de bruyère ; j'aimais beaucoup les grès renversés et les rocs ruineux ; j'aimais bien plus ces sables vastes et mobiles , dont nul pas d'homme ne marquait l'aride surface sillonnée çà et là par la trace inquiète de la biche ou du lièvre en fuite. Quand j'entendais un écureuil, quand je faisais partir un daim , je m'arrêtais , j'étais assez bien , et pour un moment je ne cherchais plus rien. C'est à cette époque que je remarquai le bouleau , arbre solitaire qui m'attristait déjà et que depuis je ne rencontre jamais sans plaisir. J'aime le bouleau ; j'aime cette écorce blanche , lisse et crevassée ; cette tige agreste ; ces branches qui s'inclinent vers la terre ; la mobilité des feuilles ; et tout cet abandon, simplicité de la nature , attitude des déserts.

Tems perdus, et qu'on ne saurait oublier! Illusion trop vaine d'une sensibilité expansive ! Que l'homme est grand dans son inexpérience : qu'il serait fécond , si le

regard froid de son semblable, si le souffle
aride de l'injustice ne venait pas sécher
son cœur ! J'avais besoin de bonheur.
J'étais né pour souffrir. Vous connaissez
ces jours sombres, voisins des frimats,
dont l'aurore elle-même épaississant les
brumes, ne commence la lumière que par
des traits sinistres d'une couleur ardente
sur les nues amoncelées. Ce voile ténébreux, ces rafales orageuses, ces lueurs
pâles, ces sifflemens à travers les arbres
qui plient et frémissent, ces déchiremens
prolongés semblables à des gémissemens
funèbres : voilà le matin de la vie : à midi,
des tempêtes plus froides et plus continues;
le soir, des ténèbres plus épaisses : et la
journée de l'homme est achevée.

Le prestige spécieux, infini, qui naît
avec le cœur de l'homme, et qui semblait
devoir subsister autant que lui, se ranima
un jour : j'allai jusqu'à croire que j'aurais
des desirs satisfaits. Ce feu subit et trop
impétueux, brûla dans le vide, et s'éteignit
sans avoir rien éclairé. Ainsi, dans la saison des orages, apparaissent pour l'effroi

de l'être vivant, des éclairs instantanés dans la nuit ténébreuse.

C'était en mars : j'étais à Lu.** Il y avait des violettes au pied des buissons et des lilas, dans un petit pré bien printanier, bien tranquille, incliné au soleil de midi. La maison était au-dessus, beaucoup plus haut. Un jardin en terrasse ôtait la vue des fenêtres. Sous le pré, des rocs difficiles et droits comme des murs : au fonds, un large torrent ; et par de-là, d'autres rochers couverts de prés, de haies, et de sapins ! Les murs antiques de la ville passaient à travers tout cela : il y avait un hibou dans leurs vieilles tours. Le soir, la lune éclairait : des cors se répondaient dans l'éloignement ; et la voix que je n'entendrai plus. . . . ! Tout cela m'a trompé. Ma vie n'a encore eu que cette seule erreur. Pourquoi donc ce souvenir de Fontainebleau, et non pas celui de Lu ?**

LETTRE XII.

28 juillet, II.

ENFIN je me crois dans le désert. Il y a ici des espaces où l'on n'aperçoit aucune trace d'hommes. Je me suis soustrait pour une saison, à ces soins inquiets qui usent notre durée, qui confondent notre vie avec les ténèbres qui la précèdent et les ténèbres qui la suivent, ne lui laissant d'autre avantage que d'être elle-même un néant moins tranquille.

Quand je passai, le soir, le long de la forêt, et que je descendis à Valvin, sous les bois, dans le silence, il me sembla que j'allais me perdre dans des torrens, des fondrières, des lieux romantiques et terribles. J'ai trouvé des collines de grès culbutés, des formes petites, un sol assez plat et à peine pittoresque : mais le silence, et l'abandon, et la stérilité m'ont suffi.

Entendez - vous bien le plaisir que je
sens quand mon pied s'enfonce dans un
sable mobile et brûlant : quand j'avance
avec peine, et qu'il n'y a point d'eau, point
de fraîcheur, point d'ombrage ? Je vois un
espace inculte et muet; des roches rui-
neuses, dépouillées et ébranlées : et les
forces de la nature assujetties à la force
des temps. N'est-ce pas comme si j'étais
paisible, quand je trouve, au-dehors, sous
le ciel ardent, d'autres difficultés et d'autres excès que ceux de mon cœur.

Je ne m'oriente point : au contraire, je
m'égare quand je puis. Souvent je vais en
ligne droite, sans suivre de sentiers. Je
cherche à ne conserver aucun renseigne-
ment, et à ne pas connaître la forêt, afin
d'avoir toujours quelque chose à y trouver. Il y a un chemin que j'aime à suivre :
il décrit un cercle comme la forêt elle-
même, en sorte qu'il ne va ni aux plaines
ni à la ville; il ne suit aucune direction
ordinaire; il n'est ni dans les vallons, ni
sur les hauteurs; il semble n'avoir point
de fin; il passe à travers tout, et n'arrive

à rien : je crois que j'y marcherais toute ma vie.

Le soir, il faut bien rentrer, dites-vous ; et vous plaisantez déjà de ma prétendue solitude : mais vous vous trompez ; vous me croyez à Fontainebleau, ou dans un village, dans une chaumière. Rien de tout cela. Je n'aime pas plus les maisons *champêtres* de ces pays-ci que leurs villages, ni leurs villages que leurs villes. Si je condamne le faste, je hais la misère. Autrement, il eût mieux vallu rester à Paris ; j'y eusse trouvé l'un et l'autre.

Mais voici ce que je ne vous ai point dit dans ma dernière lettre remplie de l'agitation qui me presse quelquefois.

Un jour que je parcourais ces bois-ci, je vis, dans un lieu épais, deux biches fuir devant un loup. Il était assez près d'elles ; je jugeai qu'il les devait atteindre, et je m'avançai du même côté pour voir la résistance, et l'aider s'il se pouvait. Elles sortirent du bois dans une place découverte, occupée par des roches et des bruyères ; mais lorsque j'arrivai je ne les vis plus. Je descendis dans tous les fonds de cette sorté de lande creusée et inégale, où l'on avait taillé beaucoup de grès pour les pavés : je ne trouvai rien. En suivant une autre direction pour rentrer dans le bois, je vis un chien, qui d'abord me regardait en silence, et qui n'aboya que lorsque je m'éloignai de lui. En effet, j'arrivais presqu'à l'entrée de la demeure pour laquelle il veillait. C'était une sorte de souterrain fermé en partie naturellement par les rocs, et en partie par des grès rassemblés, par des branches de genevriers, de la bruyère et de la mousse. Un ouvrier qui, pendant plus de trente ans avait taillé des pavés dans les carrières voisines, n'ayant ni bien ni famille, s'était retiré là pour quitter, avant de mourir, un travail forcé, pour échapper aux mépris et aux hôpitaux. Je lui vis un lit et une armoire : il y avait auprès de son rocher quelques légumes dans un terrain assez aride ; et ils vivaient lui, son chien et son chat, d'eau, de pain et de liberté. J'ai beaucoup travaillé, me dit-il, je n'ai jamais rien eu ; mais enfin je suis tranquille, et puis je

mourrai bientôt. Cet homme grossier me
disait l'histoire humaine. Mais la savait-il?
Croyait-il d'autres hommes plus heureux?
Souffrait-il en se comparant à d'autres? Je
n'examinerai point tout cela. J'étais bien
jeune. Son air rustre et un peu farouche,
m'occupait beaucoup. Je lui avais offert un
écu ; il l'accepta, et me dit qu'il aurait du
vin : ce mot là diminua de mon estime
pour lui. Du vin ! me disais-je ; il y a
des choses plus utiles : c'est peut-être le
vin, l'inconduite qui l'auront mené là,
et non pas le goût de la solitude. Pardonne,
homme simple, malheureux solitaire ! Je
n'avais point appris alors que l'on buvait
l'oubli des douleurs. Maintenant je suis
homme, je connais l'amertume qui navre,
et les dégoûts qui ôtent les forces : je sais
respecter celui dont le premier besoin est de
cesser un moment de gémir. Je suis indigné
quand je vois des hommes à qui la vie est
facile, reprocher durement à un pauvre
qu'il boit du vin, et qu'il n'a pas de pain.
Quelle ame ont donc reçue ces gens-là qui
ne connaissent pas de plus grande misère
ue d'avoir faim ?

Vous concevez à présent la force de ce souvenir qui me vint inopinément à la bibliothèque. Son idée rapide me livra à tout le sentiment d'une vie réelle, d'une sage simplicité, de l'indépendance de l'homme dans une nature possédée.

Ce n'est pas que je prenne pour une telle vie celle que je mène ici : et que, dans mes grès, au milieu des plaines misérables, je me croie l'homme de la nature. Autant vaudrait, comme un homme du quartier St.-Paul, montrer à mes voisins les beautés champêtres d'un pot de reséda appuyé sur la gouttière, et d'un jardin de persil encaissé sur un côté de la fenêtre, ou donner à un demi-arpent de terre entouré d'un ruisseau, des noms de promontoires et de solitudes maritimes d'un autre hémisphère, pour rappeler de grands souvenirs et des mœurs lointaines entre les plâtres et les toits de chaume d'une paroisse champenoise.

Seulement, puisque je suis condamné à toujours attendre la vie, je m'essaie à végéter absolument seul et isolé : j'ai mieux

aimé passer quatre mois ainsi, que de les
perdre à Paris dans d'autres puérilités
plus grandes et plus misérables. Je veux
vous dire, quand nous nous verrons, comment je me suis choisi un manoir, et comment je l'ai fermé; comment j'y ai trans-
porté le peu d'effets que j'ai amenés ici
sans mettre personne dans mon secret;
comment je me nourris de fruits et de certains légumes; où je vais chercher de l'eau;
comment je suis vêtu quand il pleut; et
toutes les précautions que je prends pour
rester bien caché, et pour que nul Pari-
sien, passant huit jours à la campagne, ne
vienne ici se moquer de moi.

Vous rirez aussi, mais j'y consens; car
votre rire ne sera point comme le leur; et
j'ai ri de tout ceci avant vous. Je trouve
pourtant que cette vie a bien de la douceur, quand, pour en mieux sentir l'avantage, je sors de la forêt, que je pénètre
dans les terres cultivées, que je vois au
loin un château fastueux dans les campagnes nues : quand, après une lieue labou-
rée et déserte, j'aperçois cent chaumières

entassées, odieux amas dont les rues, les
étables et les potagers, les murs, les plan-
chers, les toits humides, et jusqu'aux
hardes et aux meubles, ne paraissent
qu'une même fange, dans laquelle toutes
les femmes crient, tous les enfans pleurent, tous les hommes suent. Et si, parmi
tant d'avilissement et de douleurs, je
cherche, pour ces malheureux, une paix
morale et des espérances religieuses; je vois
pour patriarche, un prêtre avide, sinistre,
aigri par les regrets, séparé trop tôt du
monde; un jeune homme chagrin, sans
dignité, sans sagesse, sans onction, que
l'on ne vénère pas, que l'on voit vivre, qui
damne les faibles, et ne console pas les
bons : et pour tout signe d'espérance et
d'union, ce signe de crainte et d'abnégation; ce gibet sanctifié, étrange emblême,
triste reste d'institutions antiques et grandes
que l'on a misérablement perverties.

Il est pourtant des hommes qui voient
cela bien tranquillement, et qui ne se
doutent même pas qu'on puisse le voir
d'une autre manière.

Triste et vaine conception d'un monde meilleur ! Indicible extention d'amour ! Regret des tems qui coulent inutiles ! Sentiment universel * , soutiens et dévore

---

* On a communément une idée trop étroite de l'homme sensible : on en fait un personnage ridicule, j'en ai vu faire une femme, je veux dire une de ces femmes qui pleurent sur l'indisposition de leur oiseau, que le sang d'une piqûre d'aiguille fait pâmer, et qui frémissent au son de certaines syllabes, comme serpent, araignée, fossoyeur, petite vérole, tombeau, vieillesse.

J'imagine une certaine modération dans ce qui nous émeut, une combinaison subite des sentimens contraires, une habitude de supériorité sur l'affection même qui nous commande ; une gravité de l'ame, et une profondeur de la pensée ; une étendue qui appelle aussitôt en nous la perception secrète que la nature voulut opposer à la sensation visible ; une sagesse du cœur dans sa perpétuelle agitation ; un mélange enfin, une harmonie de toutes choses qui n'appartient qu'à l'homme d'une vaste sensibilité ; dans sa force, il a pressenti tout ce qui est destiné à l'homme ; dans sa modération, lui seul a connu la mélancolie du plaisir, et les grâces de la douleur.

L'homme qui sent avec chaleur, et même avec profondeur, mais sans modération, consume dans des

ma vie : que serait-elle sans ta beauté sinistre? C'est par toi qu'elle est sentie : c'est
par toi qu'elle périra.

Que quelquefois encore, sous le ciel
d'automne, dans ces derniers beaux jours
que les brumes remplissent d'incertitude,
assis près de l'eau qui emporte la feuille
jaunie, j'entende les accens simples et pro-

---

choses indifférentes, cette force presque surnaturelle.
Je ne dis pas qu'il ne la trouvera plus dans les occasions du génie : il est des hommes grands dans les
petites choses, et qui pourtant le sont encore dans
les grandes circonstances. Malgré leur mérite réel,
ce caractère a deux inconvéniens. Ils seront regardés
comme fous par les sots et par plusieurs gens d'esprit, et ils seront prudemment évités par des hommes
mêmes qui sentiront leur prix, et qui concevront
d'eux une haute opinion. Ils dégradent le génie en
le prostituant à des choses tout-à-fait vulgaires, et
parmi les derniers des hommes. Par-là ils fournissent
à la foule des prétextes spécieux pour prétendre que
le bon sens vaut mieux que le génie, parce qu'il
n'a pas ses écarts; et pour prétendre, ce qui est plus
funeste, que les hommes droits, forts, expansifs,
généreux, ne sont pas au-dessus des hommes prudens, ingénieux, réguliers, toujours retenus, et souvent personnels.

fonds d'une mélodie primitive. Qu'un jour,
montant le Grimsel ou le Titlis , seul avec
l'homme des montagnes , j'entende sur
l'herbe courte , auprès des neiges, les sons
romantiques que connaissent les vaches
d'Underwalden et d'Hasly : et que là , une
fois avant la mort, je puisse dire à un
homme qui m'entende : Si nous avions
vécu !

LETTRE XIII.

Fontainebleau, 5i juillet, II.

Quand un sentiment invincible nous entraîne loin des choses que l'on possède, et nous remplit de volupté, puis de regrets, en nous fesant pressentir des biens que rien ne peut donner, cette sensation profonde et fugitive n'est qu'un témoignage intérieur de la supériorité de nos facultés sur notre destinée. C'est cette raison même qui le rend si court, et le change aussitôt en regret : il est délicieux, puis déchirant. L'abattement suit toute impulsion immodérée. Nous souffrons de n'être pas ce que nous pourrions être ; mais si nous nous trouvions dans l'ordre de choses qui manque à nos desirs, nous n'aurions plus ni cet excès des desirs, ni cette surabondance des facultés : nous ne jouirions plus du plaisir d'être au-delà de nos destinées, d'être plus

grand que ce qui nous entoure, plus fécond que nous n'avons besoin de l'être.
Dans l'occasion de ces voluptés mêmes que
nos conceptions pressentaient si ardem-
ment, nous resterons froids et souvent rê-
veurs, indifférens, ennuyés même ; parce
qu'on ne peut pas être d'une manière effective plus que soi-même : parce que nous
sentons alors la limite irrésistible de la nature des êtres, et qu'employant nos facultés
à des choses positives, nous ne les trouvons
plus pour nous transporter au-delà, dans la
région supposée des choses idéales soumises
à l'empire de l'homme réel.

Mais pourquoi ces choses seraient-elles
purement idéales ? C'est ce que je ne saurais concevoir. Pourquoi ce qui n'est point,
semble-t-il davantage selon la nature de
l'homme que ce qui est ? La vie positive
est aussi comme un songe; c'est elle qui n'a
point d'ensemble, point de suite, point de
but. Elle a des parties certaines et fixes :
elle en a d'autres qui ne sont que hasard et
discordance, qui passent comme des ombres, et dans lesquelles on ne trouve jamais

ce qu'on a vu. Ainsi, dans le sommeil, on pense en même tems des choses vraies et suivies, et d'autres bizarres, désunies et chimériques, qui se lient, je ne sais comment, aux premières. Le même mélange compose, et les rêves de la nuit, et les sentimens du jour. La sagesse antique a dit que le moment du réveil viendrait enfin. . . . .

LETTRE XIV.

Fontainebleau , 7 août , II.

M. R*. que vous connaissez , disait dernièrement : quand je prends ma tasse de café j'arrange bien le monde. Je me permets aussi ces sortes de songes ; et lorsque je marche dans les bruyères , entre les genièvres encore humides , je me surprends quelquefois à imaginer les hommes heureux. Je vous l'assure , il me semble qu'ils pourraient l'être. Je ne veux pas faire une autre espèce, ni un autre globe ; je ne veux pas tout réformer : ces sortes d'hypothèses ne mènent à rien, dites-vous , puisqu'elles ne sont applicables à rien de connu. Eh bien , prenons ce qui existe nécessairement ; prenons le tel qu'il est, en arrangeant seulement ce qu'il y a d'accidentel. Je ne veux pas des espèces chimériques, ou nouvelles ; mais, voilà mes matériaux , d'après eux je fais mon plan selon ma pensée.

Je voudrais deux points ; un climat fixe, des hommes vrais. Si je sais quand la pluie fera déborder les eaux, quand le soleil séchera mes plantes, quand l'ouragan ébranlera ma demeure, c'est à mon industrie à lutter contre les forces naturelles contraires à mes besoins : mais quand j'ignore le moment de chaque chose, quand le mal m'opprime sans que le danger m'ait averti, quand la prudence peut me perdre, et que les intérêts des autres confiés à mes précautions m'interdisent l'insouciance, et jusqu'à la sécurité, n'est-ce pas une nécessité que ma vie soit inquiète et malheureuse ? N'en est-ce pas une que l'inaction succède à des travaux forcés, et que, comme l'a si bien dit Voltaire, je consume tous mes jours dans les convulsions de l'inquiétude, ou dans la léthargie de l'ennui.

Si les hommes sont presque tous dissimulés, si la duplicité des uns force au moins les autres à la réserve, n'est-ce pas une nécessité qu'ils joignent au mal inévitable que plusieurs cherchent à faire aux autres en leur propre faveur, une masse

beaucoup plus grande de maux inutiles ?
N'est-ce pas une nécessité que l'on se nuise
réciproquement, malgré soi, que chacun
s'observe et se prévienne, que les ennemis
soient inventifs, et que les amis soient
prudens ? N'est-ce pas une nécessité qu'un
homme de bien soit perdu dans l'opinion
par un propos indiscret, par un faux jugement ; qu'une inimitié, née d'un soupçon
mal fondé, devienne mortelle ; que ceux
qui auraient voulu bien faire soient découragés ; que de faux principes s'établissent ;
que la ruse soit plus utile que la sagesse,
la valeur, la magnanimité ; que des enfans
reprochent à un père de famille de n'avoir
pas fait ce qu'on appelle une rouerie, et
que des Etats périssent pour ne s'être pas
permis un crime ? Dans cette perpétuelle
incertitude, je demande ce que devient la
morale ; et dans l'incertitude des choses, ce
que devient la sûreté : sans sûreté, sans
morale, je demande si le bonheur n'est pas
un rêve d'enfant ?

L'instant de la mort resterait inconnu :
il n'y a pas de mal sans durée ; et pour

vingt autres raisons, la mort ne doit pas être mise au nombre des malheurs. Il est bon d'ignorer quand tout doit finir; car on commencerait rarement ce que l'on saurait ne pas achever. Je veux donc que chez l'homme, à-peu-près tel qu'il est, l'ignorance de la durée de la vie ait plus d'utilité que d'inconvéniens ; mais l'incertitude des choses de la vie n'est point comme celle de leur terme. Un incident que vous n'avez pu prévoir dérange votre plan, et vous prépare de longues contrariétés : pour la mort elle anéantit votre plan, elle ne le dérange pas ; vous ne souffrirez point de ce que vous ne saurez pas. Le plan de ceux qui restent en peut être contrarié : mais c'est avoir assez de certitude que d'avoir celle de ses propres affaires ; et je ne veux pas imaginer des choses tout-à-fait bonnes selon l'homme. Le monde que j'arrange me serait suspect s'il ne contenait plus de mal, et je ne supposerais qu'avec une sorte d'effroi une harmonie parfaite : il me semble que la nature n'en admet pas de telle.

Un climat fixe, et sur-tout des hommes

vrais , inévitablement vrais , cela me suffit.
Je suis heureux, si je sais ce qui est. Je
laisse au ciel ses orages et ses foudres ; à la
terre les boues, les sécheresses ; au sol la
stérilité ; à nos corps leur faiblesse , leurs
besoins, leur dégénération ; aux hommes
leurs différences et leurs incompatibilités ,
leur inconstance, leurs erreurs, leurs vices
mêmes, et leur nécessaire égoïsme; au tems
sa lenteur et son irrévocabilité : ma cité est
heureuse si les choses sont réglées, si les
pensées sont connues. Il ne lui faut plus
qu'une bonne législation : et, si les pensées
sont connues, il est impossible qu'elle ne
l'ait pas.

LETTRE XV.

Fontainebleau, 9 août, II.

PARMI quelques volumes d'un format commode que j'apportai ici je ne sais trop pourquoi, j'ai trouvé le roman ingénieux de Phrosine et Mélidor. Je l'ai parcouru, j'en ai lu et relu la fin. Il est des jours pour les douleurs : nous aimons à les chercher dans nous, à suivre leurs profondeurs, et à rester surpris devant leurs proportions démesurées : nous essayons, du moins dans les misères humaines, cet infini que nous voulons donner à notre ombre avant qu'un souffle du tems l'efface.

Ce moment déplorable, cette situation sinistre, cette mort nocturne au milieu des voluptés mystérieuses ! Dans ces brouillards ténébreux, tant d'amour, tant de pertes et d'affreuses vengeances ! et ce déchirement d'un cœur trompé quand Phrosine, cher-

9 *

chant à la nage le roc et le flambeau, en-
traînée par la lueur perfide, périt épuisée
dans la vaste mer ! . . .

Je ne connais pas de dénouement plus
beau, de mort plus lamentable. Le jour
finissait, il n'y avait point de lune : il n'y
avait point de mouvement ; le ciel était
calme, les arbres immobiles. Quelques insectes sous l'herbe, un seul oiseau éloigné
chantaient dans la chaleur du soir. Je m'assis, je restai long-tems : il me semble que
je n'eus que des idées vagues. Je parcourais
la terre et les siècles ; je frémissais de l'œuvre de l'homme. Je reviens à moi, je me
trouve dans ce chaos ; j'y vois ma vie perdue ; je pressens les tems futurs du monde.
Rochers de Rugi ! si j'avais eu là vos
abîmes ! *

La nuit était déjà sombre. Je me retirai
lentement ; je marchais au hasard, j'étais
rempli d'ennui. J'avais besoin de larmes,
mais je ne pus que gémir. Les premiers tems

---

* Le mont Rugi est près de Lucerne ; le lac est
au pied de ses rocs perpendiculaires.

ne sont plus : j'ai les tourmentes de la jeunesse , et n'en ai point les consolations. Mon cœur encore fatigué du feu d'un âge inutile , est flétri et desséché comme s'il était dans l'épuisement de l'âge refroidi. Je suis éteint, sans être calmé. Il y en a qui jouissent de leurs maux; mais pour moi tout a passé : je n'ai ni joie, ni espérance, ni repos : il ne me reste rien, je n'ai plus de larmes.

LETTRE XVI.

Fontainebleau, 12 août, II.

Que de sentimens augustes ! Que de souvenirs ! Quelle majesté tranquille dans une nuit douce, calme, éclairée ! Quelle grandeur ! Cependant l'ame est accablée d'incertitudes. Elle voit que le sentiment qu'elle a reçu des choses la livre aux erreurs : elle voit qu'il y a des vérités ; mais qu'elles sont dans un grand éloignement. On ne saurait comprendre la nature, à la vue de ces astres immenses dans le ciel toujours le même.

Il y a là une permanence qui nous confond : c'est pour l'homme une effrayante éternité. Tout passe ; l'homme passe ; et les mondes ne passent pas ? La pensée est dans un abîme entre les vicissitudes de la terre et les cieux immuables.*

---

* Les cieux ne sont pas immuables : chaque écolier dira cela.

LETTRE XVII.

Fontainebleau, 14 août, II.

Je vais dans les bois avant que le soleil éclaire; je le vois se lever pour un beau jour; je marche dans la fougère encore humide, dans les ronces, parmi les biches, sous les bouleaux du mont Chauvet : un sentiment de ce bonheur qui était possible, m'agite avec force, me pousse et m'oppresse. Je monte, je descends, je vais comme un homme qui veut jouir : puis un soupir, quelque humeur, et tout un jour misérable.

LETTRE XVIII.

Fontainebleau, 17 août, II.

MÊME ici, je n'aime que le soir. L'aurore me plaît un moment : je crois que je sentirais sa beauté, mais le jour qui va la suivre doit être si long ! J'ai bien une terre libre à parcourir ; mais elle n'est pas assez sauvage, assez imposante. Les formes en sont basses ; les roches petites et monotones ; la végétation n'y a pas en général cette force, cette profusion qui m'est nécessaire ; on n'y entend bruire aucun torrent dans des profondeurs inaccessibles : c'est une terre des plaines. Rien ne m'opprime ici, rien ne me satisfait. Je crois même que l'ennui augmente : c'est que je ne souffre pas assez. Je suis donc plus heureux ? Point du tout : souffrir ou être malheureux, ce n'est pas la même chose ; jouir ou être heureux, ce n'est pas non plus une même chose.

Ma situation est douce, et je mène une triste vie. Je suis ici on ne peut mieux; libre, tranquille, bien portant, sans affaires, indifférent sur l'avenir dont je n'attends rien, et perdant sans peine le passé dont je n'ai pas joui. Mais il y a dans moi une inquiétude qui ne me quittera pas ; c'est un besoin que je ne connais pas, que je ne conçois pas, qui me commande, qui m'absorbe, qui m'emporte au-delà des êtres périssables..... Vous vous trompez, et je m'y étais trompé moi-même : ce n'est pas le besoin d'aimer. Il y a une distance bien grande du vide de mon cœur à l'amour qu'il a tant désiré ; mais il y a l'infini entre ce que je suis, et ce que j'ai besoin d'être. L'amour est immense, il n'est pas infini. Je ne veux point jouir ; je veux espérer, je voudrais savoir ! Il me faut des illusions sans bornes, qui s'éloignent pour me tromper toujours. Que m'importe ce qui peut finir ? L'heure qui arrivera dans soixante années est là tout auprès de moi. Je n'aime point ce qui se prépare, s'approche, arrive, et n'est plus. Je veux un bien, un rêve, une espérance enfin qui soit toujours devant moi, au-delà de moi, plus grande que mon attente elle-même, plus grande que tout ce qui passe. Je voudrais être toute intelligence, et que l'ordre éternel du monde..... Et, il y a trente ans, l'ordre était, et je n'étais point !

Accident éphémère et inutile, je n'existais pas, je n'existerai pas : je trouve avec étonnement mon idée plus vaste que mon être ; et, si je considère que ma vie est ridicule à mes propres yeux, je me perds dans des ténèbres impénétrables. Plus heureux, sans doute, celui qui coupe du bois, qui fait du charbon, et qui prend de l'eau bénite quand le tonnerre gronde ! Il vit comme la brute ? Non : mais il chante en travaillant. Je ne connaîtrai point sa paix, et je passerai comme lui. Le temps aura fait couler sa vie ; l'agitation, l'inquiétude, les phantômes d'une puérile grandeur égarent et précipitent la mienne.

LETTRE XIX.

Fontainebleau, 18 août, II.

Il est pourtant des momens où je me vois plein d'espérance et de liberté; le tems et les choses descendent devant moi avec une majestueuse harmonie; et je me sens heureux, comme si je pouvais l'être : je me suis surpris revenant à mes anciennes années ; j'ai retrouvé dans la rose les beautés du plaisir et sa céleste éloquence. Heureux ! moi ? Cependant je le suis; et heureux avec plénitude, comme celui qui se réveille des alarmes d'un songe pour rentrer dans une vie de paix et de liberté; comme celui qui sort de la fange des cachots, et revoit, après dix ans, la sérénité du ciel; heureux comme l'homme qui aime ... celle qu'il a sauvée de la mort ! Mais l'instant passe: un nuage devant le soleil intercepte sa lumière féconde ; les oiseaux se taisent ; l'ombre en

s'étendant , entraîne et chasse devant elle
et mon rêve et ma joie.

Alors je me mets à marcher ; je vais, je
me hâte pour rentrer tristement : et bientôt
je retourne dans les bois parce que le soleil
peut paraître encore. Il y a dans tout cela
quelque chose qui tranquillise et qui console. Ce que c'est? je ne le sais pas bien :
mais quand la douleur m'endort , le tems
ne s'arrête point; et j'aime à voir mûrir le
fruit qu'un vent d'automne fera tomber.

LETTRE XX.

Fontainebleau, 27 août, II.

COMBIEN peu il faut à l'homme qui veut
seulement vivre : et combien il faut à celui
qui veut vivre content et employer ses
jours ! Celui-là serait bien plus heureux
qui aurait la force de renoncer au bonheur,
et de voir qu'il est trop difficile : mais faut-
il donc qu'il reste toujours seul ? La paix
elle-même est un triste bien si on n'espère
point la partager.

Je sais que plusieurs trouvent assez de
permanence dans un bien du moment ; et
que d'autres savent se borner à une manière
d'être sans ordre et sans goût. J'en ai vu se
faire la barbe devant un miroir cassé. Les
langes des enfans étaient étendus à la fenêtre:
une de leurs robes pendait contre le tuyau
du poële : leur mère les lavait auprès de la
table sans nappe, où étaient servis sur des

plats recousus, du bouilli rechauffé avec des petits oignons, et les restes du dindon du dimanche. Il y aurait eu de la soupe grasse si le chat n'eût pas renversé le bouillon. On appelle cela une vie simple : pour moi je l'appelle une vie malheureuse, si elle est momentanée ; je l'appelle une vie de misère, si elle est forcée et durable ; mais si elle est volontaire, si l'on ne s'y déplaît pas, si l'on compte subsister ainsi, je l'appelle une existence ridicule.

C'est une bien belle chose, dans les livres, que le mépris des richesses ; mais avec un *ménage* et point d'argent, il faut ou ne rien sentir, ou avoir un force inébranlable ; or je doute qu'avec un grand caractère on se soumette à une telle vie. On supporte tout ce qui est accidentel ; mais c'est adopter cette misère que d'y plier pour toujours sa volonté. Ces stoïciens là manqueraient-ils du sentiment des choses convenables qui apprend à l'homme que vivre ainsi n'est point vivre selon sa nature ? Leur simplicité sans ordre, sans délicatesse, sans honte, ressemble plus, à mon avis, à la sale abné-

gation d'un moine mendiant, à la grossière
pénitence d'un Fakir, qu'à la fermeté, qu'à
l'indifférence philosophique.

Il est une propreté, un soin, un accord,
un ensemble dans la simplicité elle-même.
Mais ces gens dont je parle, n'ont pas un
miroir de vingt sous, et ils vont au spectacle : ils ont de la fayence écornée, et des
habits de fin drap : ils ont des manchettes
bien plissées à des chemises d'une toile grossière : s'ils se promènent, c'est aux Champs-
Elysées ; ces solitaires y vont voir les passans, disent-ils : et pour voir ces passans,
ils vont s'en faire mépriser et s'asseoir sur
quelques restes d'herbe parmi la poussière
que fait la foule. Dans leur flegme philosophique ils dédaignent ces convenances arbitraires, et mangent leurs brioches, à
terre, entre les enfans et les chiens, entre
les pieds de ceux qui vont et reviennent.
Là ils étudient l'homme en jasant avec les
bonnes et les nourrices : là ils méditent une
brochure, où les rois seront avertis des
dangers de l'ambition ; où le luxe de la
bonne société sera réformé ; où tous les

hommes apprendront qu'il faut modérer ses desirs, vivre selon la nature, manger des gateaux de Nanterre et boire *à la fratche*.

Je ne veux pas vous en dire plus. Si j'allais vous mener trop loin dans la disposition à plaisanter certaines choses, vous pourriez rire aussi de la manière bizarre dont je vis dans ma forêt : car il y a bien quelque puérilité à se faire un désert auprès d'une capitale. Il faut que vous conveniez pourtant qu'il reste encore de la distance entre mes bois près de Paris, et un tonneau dans Athènes : et je vous accorderai de mon côté que les Grecs, policés comme nous, pouvaient faire plus que nous des choses singulières, parce qu'ils étaient plus près des anciens tems. Le tonneau fut choisi pour y mener publiquement, et dans la maturité de l'âge, la vie d'un sage. Cela est bien extraordinaire; mais l'extraordinaire ne choquait pas excessivement les Grecs. L'usage, les choses reçues ne formaient point leur code suprême. Tout chez eux pouvait avoir son caractère particulier : et ce qu'il était rare d'y rencontrer, c'était une chose qui

leur fût ordinaire et universelle. Comme
un peuple qui fait, ou qui continue, l'essai de la vie sociale, ils semblaient chercher
l'expérience des institutions et des usages,
et ignorer encore qu'elles étaient les habitudes exclusivement bonnes. Mais nous à
qui il ne reste plus aucun doute là-dessus,
nous qui avons, en tout, adopté le mieux
possible, nous faisons bien de consacrer
nos moindres manières, et de punir de mépris l'homme assez stupide pour sortir
d'une trace si bien connue. Au reste, ce qui
m'excuse sérieusement, moi qui n'ai nulle
envie d'imiter les cyniques, c'est que je ne
prétends point me faire honneur d'un caprice de jeune homme; ni, au milieu des
hommes, opposer directement ma manière
à la leur, dans des choses que le devoir ne
me prescrit point. Je me permets une singularité indifférente par elle-même, et que
je juge m'être bonne à certains égards. Elle
choquerait leur manière de penser : il me
semble que c'est le seul inconvénient qu'elle
puisse avoir, et je la leur cache afin de
l'éviter.

LETTRE XXI.

Fontaineblean , 1 septembre , II.

IL fait de bien beaux jours et je suis dans une paix profonde. Autrefois j'aurais joui davantage dans cette liberté entière, dans cet abandon de toute affaire , de tout projet , dans cette indifférence sur tout ce qui peut arriver.

Je commence à sentir que j'avance dans la vie. Ces impressions délicieuses , ces émotions subites qui m'agitaient autrefois et m'entraînaient si loin d'un monde de tristesse , je ne les retrouve plus qu'altérées et affaiblies. Ce desir ineffable que reveillait dans moi chaque sentiment de quelque beauté dans les choses naturelles , cette espérance pleine d'incertitudes et de charme, ce feu céleste qui éblouit et consume un cœur jeune, cette volupté expansive dont il éclaire devant lui le fantôme immense, tout cela n'est déjà plus. Je commence à voir ce qui est utile, ce qui est commode, et non plus ce qui est beau.

Vous qui connaissez mes besoins sans bornes, dites moi ce que je ferai de la vie, quand j'aurai perdu ces momens d'illusions qui brillaient dans ses ténèbres comme les lueurs orageuses dans une nuit sinistre ? Ils la rendaient plus sombre, je l'avouerai, mais ils montraient qu'elle pouvait changer, et que la lumière subsistait encore. Maintenant que deviendrai-je s'il faut que je me borne à ce qui est; et que je reste contenu dans ma manière de vivre, dans mes intérêts personnels, dans le soin de me lever, de m'occuper, de me coucher ?

J'étais bien différent dans ces tems où il était possible que j'aimasse. J'avais été romanesque dans mon enfance, et alors encore j'imaginai une retraite selon mes goûts. J'avais faussement réuni dans un point du Dauphiné, l'idée des formes alpestres à celles d'un climat d'oliviers, de citronniers; mais enfin le mot de *Chartreuse* m'avait frappé: et c'était là, près de Grenoble,

que je rêvais ma demeure. Je croyais alors
que des lieux heureux faisaient beaucoup
pour une vie heureuse ; et que là, avec une
femme aimée, je posséderais cette félicité
inaltérable dout le besoin remplisssait mon
cœur trompé.

Mais voici une chose bien étrange, dont
je ne puis rien conclure, et dont je n'affir-
merai rien sinon que le fait est tel. Je n'avais
jamais rien vu, ni rien lu, que je sache,
qui m'eût donné quelque connaissance du
local de la Grande Chartreuse. Je savais
uniquement que cette solitude était dans
les montagnes du Dauphiné. Mon imagination composa d'après cette notion confuse
et d'après ses propres penchans, le site où
devait être le monastère, et, près de lui, ma
demeure. Elle approcha singulièrement de
la vérité ; car, voyant long-tems après une
gravure qui représentait ces mêmes lieux,
je me dis avant d'avoir lu : voilà la Grande
Chartreuse, tant elle me rappella ce que
j'avais imaginé. Et quand il se trouva que
c'était elle effectivement, cela me fit frémir
de surprise et de regret : et il me sembla que

j'avais perdu une chose qui m'était comme destinée. Depuis ce projet de ma première jeunesse, je n'entends point sans une émotion pleine d'amertume, ce mot Chartreuse.

Plus je rétrograde dans ma jeunesse, plus je trouve les impressions profondes. Si je passe l'âge où les idées ont déjà de l'étendue ; si je cherche dans mon enfance ces premières fantaisies d'un cœur mélancolique qui n'a jamais eu de véritable enfance, et qui s'attachait aux émotions fortes et aux choses extraordinaires avant qu'il fût seulement décidé s'il aimerait, ou n'aimerait pas les jeux ; si, dis-je, je cherche ce que j'éprouvais à sept ans, à six ans, à cinq ans, je trouve des impressions aussi ineffaçables, plus confiantes, plus douces et formées par ces illusions entières dont aucun autre âge n'a possédé le bonheur.

Je ne me trompe point d'époque : je sais, avec certitude, quel âge j'avais lorsque j'ai pensé à telles choses, lorsque j'ai lu tel livre. J'ai lu l'histoire du Japon de Kœmpfer, dans ma place ordinaire, auprès d'une certaine fenêtre, dans cette maison près du Rhône, que mon père a quittée un peu avant sa mort. L'été suivant, j'ai lu Robinson-Crusoé. C'est alors que je perdis cette exactitude que l'on avait remarquée en moi : il me devint impossible de faire sans plume, des calculs moins compliqués que celui que j'avais fait à quatre ans et demi, sans rien écrire et sans savoir aucune règle d'arithmétique, si ce n'est l'addition ; calcul qui avait tant surpris toutes les personnes rassemblées chez Mad." Belp. dans cette soirée dont vous savez l'histoire.

La faculté de percevoir les rapports indéterminés l'emporta alors sur celle de combiner des rapports mathématiques. Les relations morales devenaient sensibles : le sentiment du beau commençait à naître.........

2 septembre.

J'ai vu qu'insensiblement j'allais raisonner. Je me suis arrêté. Lorsqu'il ne s'agit que du sentiment on peut ne consulter que soi, mais dans les choses qui doivent être discutées, il y a toujours beaucoup à gagner quand on peut savoir ce qu'en ont pensé d'autres hommes. J'ai précisément ici un volume qui contient *Les pensées philosophiques* de *Diderot*, son *Traité du beau*, etc. Je l'ai pris, et je suis sorti.

Si je suis de l'avis de Diderot, peut-être il paraîtra que c'est parce qu'il parle le dernier, et je conviens que cela fait ordinairement beaucoup : mais je modifie sa pensée à ma manière, car je parle encore après lui.

Laissant Wolf, Crouzas, et le sixième sens d'Hutcheson, je pense à-peu-près comme tous les autres : et c'est pour cela que je ne pense point que la définition du beau puisse être exprimée d'une manière si simple, et si brève, que l'a fait Diderot. Je crois, comme lui, que le sentiment de la beauté ne peut exister hors de la perception des rapports ; mais de quels rapports ? S'il arrive que l'on songe au beau quand on voit des rapports quelconques, ce n'est pas qu'on en ait alors la perception, l'on ne fait que l'imaginer. Parce qu'on voit des rapports, on suppose un centre, on pense à des analogies, on s'attend à une extension nouvelle de l'ame et des idées ; mais ce qui est beau ne fait pas seulement penser à tout cela comme par réminiscence ou par occasion, il le contient et le montre. C'est un avantage sans doute quand une définition peut être exprimée par un seul mot : mais il ne faut pas que cette concision la rende trop générale et dès-lors fausse.

Je dirais donc : *Le beau est ce qui excite en nous l'idée de rapports disposés vers une même fin , selon des convenances analogues à notre nature.* Cette définition renferme les notions d'ordre, de proportions, d'unité , et même d'utilité.

Ces rapports sont ordonnés vers un centre, ou un but; ce qui fait l'ordre et l'unité. Ils suivent des convenances qui ne sont autre chose que la proportion, la régularité, la symétrie , la simplicité selon que l'une ou l'autre de ces convenances se trouve plus ou moins essentielles à la nature du tout que ces rapports composent.

Ce tout est l'unité sans laquelle il n'y a pas
de résultat, ni d'ouvrage qui puisse être
beau, parce qu'alors il n'y a pas même d'ouvrage. Tout produit doit être un : on n'a
rien fait si on n'a pas mis d'ensemble à ce
qu'on a fait. Une chose n'est pas belle sans
ensemble ; elle n'est pas une chose, mais un
assemblage de choses qui pourront produire
l'unité et la beauté, lorsque unies à ce qui
leur manque encore, elles formeront un
tout. Jusques-là ce sont des matériaux : leur
réunion n'opère point de beauté, quoiqu'ils
puissent être beaux en particulier, comme
ces composés individuels, entiers et com-
plets peut-être, mais dont l'assemblage encore informe, n'est pas un ouvrage : ainsi
une compilation des plus belles pensées
morales éparses et sans liaison, ne forme
point un traité de morale.

Dès-lors que cet ensemble plus ou moins
composé, mais pourtant un et complet,
a des analogies sensibles avec la nature de
l'homme, il lui est utile directement ou
indirectement. Il peut servir à ses besoins,
ou du moins étendre ses connaissances ;

il peut être pour lui un moyen nouveau ,
ou l'occasion d'une industrie nouvelle ; il
peut ajouter à son être , et plaire à son espoir inquiet , à son avidité.

La chose est plus belle , il y a vraiment
unité , lorsque les rapports perçus sont
exacts , lorsqu'ils concourent à un centre
commun : et s'il n'y a précisément que ce
qu'il faut pour coopérer à ce résultat , la
beauté est plus grande , il y a simplicité.
Toute qualité est altérée par le mélange
d'une qualité étrangère : lorsqu'il n'y a
point de mélange , la chose est plus exacte,
plus symétrique , plus simple , plus une,
plus belle ; elle est parfaite.

La notion d'utilité entre principalement
de deux manières dans celles de la beauté.
D'abord l'utilité de chaque partie pour leur
fin commune ; puis l'utilité du tout pour
nous qui avons des analogies avec ce tout.

On lit dans *Philosophie de la nature :*
*Il me semble que le philosophe peut définir
la beauté l'accord expressif d'un tout avec
ses parties.*

J'ai trouvé dans une note , que vous

l'aviez ainsi définie autrefois : *La convenance des diverses parties d'une chose avec leur destination commune , selon les moyens les plus féconds à-la-fois et les plus simples.* Ce qui se rapproche du sentiment de Crouzas , à l'assaisonnement près. Car il compte cinq caractères du beau ; et il définit ainsi la proportion qui en est un , *l'unité* assaisonnée *de variété , de régularité et d'ordre dans chaque partie.*

Si la chose bien ordonnée , analogue à nous et dans laquelle nous trouvons de la beauté , nous paraît supérieure ou égale à ce que nous contenons en nous , nous la disons belle. Si elle nous paraît inférieure , nous la disons jolie. Si ses analogies avec nous sont relatives à des choses de peu d'importance ; mais qui servent directement à nos habitudes et à nos desirs présens , nous la disons agréable. Quand elle suit les convenances de notre ame , en animant, en étendant notre pensée , en généralisant, en exaltant nos affections , en nous montrant dans les choses extérieures des analogies grandes ou nouvelles , qui nous

donnent une extension inespérée et le sentiment d'un ordre immense, universel,
d'une fin commune à beaucoup d'êtres,
nous la disons sublime.

La perception des rapports ordonnés,
produit l'idée de la beauté : et l'extension
de l'ame, occasionnée par leur analogie
avec notre nature, en est le sentiment.

Quand les rapports indiqués ont quelque
chose de vague et d'immense ; quand l'on
sent bien mieux qu'on ne voit, leur convenances avec nous et avec une partie de
la nature, il en résulte un sentiment délicieux, plein d'espoir et d'illusions, une
jouissance indéfinie qui promet des jouissances sans bornes. Voilà le genre de beauté
qui charme, qui entraîne. Le joli amuse
la pensée, le beau soutient l'ame, le sublime l'étonne ou l'exalte ; mais ce qui
séduit et passionne les cœurs, ce sont des
beautés plus vagues et plus étendues encore,
peu connues, jamais expliquées, mystérieuses et ineffables.

Ainsi dans les cœurs faits pour aimer,
l'amour embellit toutes choses, et rend

délicieux le sentiment de la nature entière. Comme il établit en nous le rapport le plus grand qu'on puisse connaître hors de soi, il nous rend habiles au sentiment de tous les rapports, de toutes les harmonies ; il découvre à nos affections un monde nouveau. Emportés par ce mouvement rapide, séduits par cette énergie qui promet tout, et dont rien encore n'a pu nous désabuser, nous cherchons, nous sentons, nous aimons, nous voulons tout ce que la nature contient pour l'homme.

Mais les dégoûts de la vie viennent nous comprimer et nous forcer de nous replier en nous-mêmes. Dans notre marche rétrograde, nous nous attachons à abandonner les choses extérieures, et à nous contenir dans nos besoins positifs ; centre de tristesse, où l'amertume et le silence de tant de choses, n'attendent pas la mort, pour creuser à nos cœurs ce vide du tombeau où se consument et s'éteignent tout ce qu'ils pouvaient avoir de candeur, de grâces, de désirs et de bonté primitive.

LETTRE XXII.

Fontainebleau, 12 octobre, 11.

Il fallait bien revoir une fois tous les sites que j'aimais à fréquenter. Je parcours les plus éloignés, avant que les nuits soient froides, que les arbres se dépouillent, que les oiseaux s'éloignent.

Hier je me mis en chemin avant le jour; la lune éclairait encore, et malgré l'aurore on pouvait discerner les ombres. Le vallon de Changy restait dans la nuit; déjà j'étais sur les sommités d'Avon. Je descendis aux Basses-loges, et j'arrivais à Valvin, lorsque le soleil, s'élevant derrière Samoreau, colora les rochers de Samois.

Valvin n'est point un village, et n'a pas de terres labourées. L'auberge est isolée, au pied d'une éminence, sur une petite plage facile, entre la rivière et les bois. Il faudrait supporter l'ennui du coche,

voiture très-désagreable, et arriver à Valvin ou à Thomery par eau, le soir, quand
la côte est sombre et que les cerfs brament
dans la forêt. Ou bien, au lever du soleil,
quand tout repose encore, quand le cri
du batelier fait fuir les biches, quand il
retentit sous les hauts peupliers et dans les
collines de bruyère toutes fumantes sous
les premiers feux du jour.

C'est beaucoup si l'on peut, dans un pays
plat, rencontrer ces faibles effets, qui du
moins sont intéressans à certaines heures.
Mais le moindre changement les détruit :
dépeuplez de bêtes fauves les bois voisins,
ou coupez ceux qui couvrent le coteau,
Valvin ne sera plus rien. Tel qu'il est même,
je ne me soucierais pas de m'y arrêter :
dans le jour, c'est un lieu très-ordinaire ;
de plus l'auberge n'est pas logeable.

En quittant Valvin je montai vers le
nord ; je passai près d'un amas de grès dont
la situation, dans une terre unie et découverte, entourée de bois et inclinée vers le
couchant d'été, donne un sentiment d'abandon mêlé de quelque tristesse. En m'éloi-

gnant, je comparais ce lieu à un autre qui m'avait fait une impression opposée près de Bouvron. Trouvant ces deux lieux fort semblables, excepté sous le rapport de l'exposition, j'entrevis enfin la raison de ces effets contraires que j'avais éprouvé, vers les Alpes, dans des lieux en apparence les mêmes. Ainsi m'ont attristé Bulle et Planfayon, quoique leurs pâturages, sur les limites de la Gruyère, en portent le caractère, et qu'on reconnaisse aussitôt dans la manière de leurs sites, les habitudes et le ton de la montagne. Ainsi j'ai regretté, jadis, de ne pouvoir rester dans une gorge perdue et stérile de la dent du Midi. Ainsi je trouvai l'ennui à Iverdun; et, sur le même lac de Neuchâtel, un bien-être remarquable: ainsi s'expliqueront la douceur de Vevay, la mélancolie de l'Underwalden; et par des raisons semblables peut-être, les divers caractères de tous les peuples. Ils sont modifiés par les différences des expositions, des climats, des vapeurs, autant et plus encore que par celles des

lois et des habitudes*. En effet , ces dernières oppositions ont eu elles-mêmes ,
dans le principe , de semblables causes
physiques.

Ensuite je tournai vers le couchant , et
je cherchai la fontaine du Mont-Chauvet.
On a pratiqué , avec les grès dont tout cet
endroit est couvert , un abri qui protége
sa source contre le soleil et l'éboulement
du sable , ainsi qu'un banc circulaire où
l'on vient déjeûner en puisant de son eau.
L'on y rencontre quelquefois des chasseurs,
des promeneurs , des ouvriers ; mais quelquefois aussi , une triste société de valets
de Paris et de marchandes du quartier St.-
Martin ou de la rue St.-Jacques , retirés
dans une ville où le roi *fait des voyages.*
Ils sont attirés, de ce côté, par l'eau qu'il est
commode de trouver quand on veut manger
entre voisins un pâté froid : et par un certain grès creusé naturellement , qu'on ren-

---

* Il faudrait pourtant sans doute en excepter les
mœurs nationales chez les peuples qui ont eu des
législateurs, comme les Spartiates, les Hébreux, les
Péruviens, les Parsis.

contre sur le chemin , et qu'ils s'amusent beaucoup à voir. Ils le vénèrent, ils le nomment *confessionnal ;* ils y reconnaissent avec attendrissement ces *jeux de la nature* qui imitent les choses saintes , et qui attestent que la religion de Jésus crucifié est la fin de toutes choses.

Pour moi je descendis dans le vallon retiré où cette eau trop faible se perd sans former de ruisseau. En tournant vers la croix du Grand-Veneur , je trouvai une solitude austère comme l'abandon que je cherche. Je passai derrière les rochers de Cuvier ; j'étais plein de tristesse : je m'arrêtai long-temps dans les gorges d'Aspremont. Vers le soir , je m'approchai des solitudes du Grand-Franchart , ancien monastère isolé dans les collines et les sables ; ruines abandonnées que même loin des hommes, les vanités humaines consacrèrent au fanatisme de l'humilité , à la passion d'étonner le peuple. Depuis ce tems , des brigands y remplacèrent, dit-on, les moines; ils y ramenèrent des principes de liberté , mais pour le malheur de ce qui n'était pas

libre avec eux. La nuit approchait ; je me
choisis une retraite dans une sorte de par-
loir dont j'enfonçai la porte antique, et
où je rassemblai quelques débris de bois
avec de la fougère et d'autres herbes, afin
de ne point passer la nuit sur la pierre.
Alors je m'éloignai pour quelques heures
encore, car la lune devait éclairer.

Elle éclaira en effet, et faiblement,
comme pour ajouter à la solitude de ce monument désert. Pas un cri, pas un oiseau,
pas un mouvement n'interrompit le silence
durant la nuit entière. Mais quand tout ce
qui nous opprime est suspendu, quand
tout dort et nous laisse au repos, les fantômes veillent dans notre propre cœur.

Le lendemain, je pris au midi : pendant
que j'étais entre les hauteurs, il fit un orage
que je vis se former avec beaucoup de plaisir. Je trouvai facilement un abri dans ces
rocs presque par-tout creusés ou suspendus
les uns sur les autres. J'aimais à voir, du
fond de mon antre, les genévriers et les
bouleaux résister à l'effort des vents, quoique privés d'une terre féconde et d'un sol

11 *

commode ; et conserver leur existence
libre et pauvre, quoiqu'ils n'eussent d'autre
soutien que les parois des roches entrou-
vertes entre lesquelles ils se balançaient,
ni d'autre nourriture qu'une humidité ter-
reuse amassée dans les fentes où leurs ra-
cines s'étaient introduites.

Dès que la pluie diminua, je m'enfonçai
dans les bois humides et embellis. Je suivis
les bords de la forêt vers Reclose, la Vignette
et Bouvron. Me rapprochant ensuite du
petit Mont-Chauvet jusqu'à la croix Hérant,
je me dirigeai entre Malmontagne et la
Route aux nymphes. Je rentrai vers le soir
avec quelque regret, et content de ma course;
si toutefois quelque chose peut me donner
précisément du plaisir ou du regret.

Il y a dans moi un dérangement, une
sorte de délire, qui n'est pas celui des passions, qui n'est pas non plus de la folie :
c'est le désordre des ennuis ; c'est la discordance qu'ils ont commencée entre moi et
les choses ; c'est l'inquiétude que des besoins
long-tems comprimés ont mis à la place des
desirs.

Je ne veux plus de desirs, ils ne me trompent point. Je ne veux pas qu'ils s'éteignent, ce silence absolu serait plus sinistre encore. Cependant c'est la vaine beauté d'une rose devant l'œil qui ne s'ouvre plus ; ils montrent ce que je ne saurais posséder, ce que je puis à peine voir. Si l'espérance semble encore jeter une lueur dans la nuit qui m'environne, elle n'annonce rien que l'amertume qu'elle exhale en s'éclipsant ; elle n'éclaire que l'étendue de ce vide où je cherchais, et où je n'ai rien trouvé.

De doux climats, de beaux lieux, le ciel des nuits, des sons ineffables, d'anciens souvenirs ; les tems, l'occasion ; une nature belle, expressive, des affections sublimes, tout a passé devant moi ; tout m'appelle, et tout m'abandonne. Je suis seul ; les forces de mon cœur ne sont point communiquées, elles réagissent dans lui, elles attendent : me voilà dans le monde, errant, solitaire au milieu de la foule qui ne m'est rien ; comme l'homme frappé dès longtems d'une surdité accidentelle, dont l'œil

avide se fixe sur tous ces êtres muets qui
passent et s'agitent devant lui. Il voit tout,
et tout lui est refusé : il devine les sons
qu'il aime, il les cherche, et ne les entend
pas : il souffre le silence de toutes choses
au milieu du bruit du monde. Tout se
montre à lui, il ne saurait rien saisir :
l'harmonie universelle est dans les choses
extérieures, elle est dans son imagination,
elle n'est plus dans son cœur : il est séparé
de l'ensemble des êtres, il n'y a plus de con-
tact ; tout existe en vain devant lui, il vit
seul, il est absent dans le monde vivant.

LETTRE XXIII.

Fontainebleau, 18 octobre, II.

L'HOMME connaîtrait-il aussi la longue
paix de l'automne, après l'inquiétude de
ses fortes années ? Comme le feu, après
s'être hâté de consumer, dure en s'éteignant.

Long-tems avant l'équinoxe, les feuilles
tombaient en quantité ; cependant la forêt
conserve encore beaucoup de sa verdure,
et toute sa beauté. Il y a plus de quarante
jours, tout paraissait devoir finir avant le
tems : et voici que tout subsiste par-delà le
terme prévu ; recevant aux limites de la
destruction, une durée prolongée, qui,
sur le penchant de sa ruine, s'arrête avec
beaucoup de grace et de sécurité, et qui
s'affaiblissant dans une douce lenteur, semble tenir à-la-fois et du repos de la mort
qui s'offre, et du charme de la vie perdue.

LETTRE XXIV.

Fontainebleau , 28 octobre , II.

Lorsque les frimats s'éloignent , je m'en
aperçois à peine : le printems passe , et ne
m'a pas attaché ; l'été passe , je ne le regrette
point. Mais je me plais à marcher sur les
feuilles tombées, aux derniers beaux jours,
dans la forêt dépouillée.

D'où vient à l'homme la plus durable des
jouissances de son cœur , cette volupté de
la mélancolie, ce charme plein de secrets ,
qui le fait vivre de ses douleurs et s'aimer
encore dans le sentiment de sa ruine ?
Je m'attache à la saison heureuse qui bientôt
ne sera plus : un intérêt tardif, un plaisir
qui paraît contradictoire m'amène à elle
alors qu'elle va finir. Une même loi morale
me rend pénible l'idée de la destruction ,
et m'en fait aimer ici le sentiment dans ce
qui doit cesser avant moi. Il est naturel

que nous jouissions mieux de l'existence périssable, lorsqu'avertis de toute sa fragilité, nous la sentons néanmoins durer en nous. Quand la mort nous sépare de tout, tout reste pourtant ; tout subsiste sans nous. Mais, à la chute des feuilles, la végétation s'arrête, elle meurt; nous, nous restons pour des générations nouvelles : et l'automne est délicieuse parce que le printems doit venir encore pour nous.

Le printems est plus beau dans la nature; mais l'homme a tellement fait que l'automne est plus douce. La verdure qui naît, l'oiseau qui chante, la fleur qui s'ouvre ; et ce feu qui revient affermir la vie, ces ombrages qui protégent d'obscurs asiles ; et ces herbes fécondes, ces fruits sans culture, ces nuits faciles qui permettent l'indépendance ! Saison du bonheur ! je vous redoute trop dans mon ardente inquiétude. Je trouve plus de repos vers le soir de l'année : et la saison où tout paraît finir, est la seule où je dorme en paix sur la terre de l'homme.

LETTRE XXV.

Fontainebleau , 6 novembre , II.

JE quitte mes bois. J'avais eu quelque intention d'y rester pendant l'hiver : mais si je veux me délivrer enfin des affaires qui m'ont rapproché de Paris , je ne puis les négliger plus long-tems. On me rappelle , on me presse, on me fait entendre que puisque je reste tranquillement à la campagne , apparemment je puis me passer que tout cela finisse. Ils ne se doutent guères de la manière dont j'y vis ; car s'ils le savaient , ils diraient plutôt le contraire, ils croiraient bonnement que c'est par économie.

Je crois encore que même sans cela , je me serais décidé à quitter la forêt. C'est avec beaucoup de bonheur que je suis parvenu à être ignoré jusqu'à présent. La fumée me trahirait ; je ne saurais échapper aux bûcherons, aux charbonniers, aux chasseurs:

je n'oublie pas que je suis dans un pays très-policé. D'ailleurs je n'ai pu prendre les arrangemens qu'il faudrait pour vivre ainsi en toute saison ; il pourrait m'arriver de ne savoir trop que devenir pendant les neiges molles, pendant les dégels et les pluies froides.

Je vais donc laisser la forêt, le mouvement, l'habitude rêveuse, et la faible mais paisible image d'une terre libre.

————————

Vous me demandez ce que je pense de Fontainebleau, indépendamment et des souvenirs qui pouvaient me le rendre plus intéressant, et de la manière dont j'y ai passé ces momens-ci.

Cette terre-là est peu de chose en général, et il faut aussi fort peu de chose pour en gâter les meilleurs recoins. Les sensations que peuvent donner les lieux auxquels la nature n'a point imprimé un grand caractère, sont nécessairement variables et en quelque sorte précaires. Il faut vingt

siècles pour changer une *Alpe*. Un vent de
nord, quelques arbres abattus, une plan-
tation nouvelle, la comparaison avec d'autres lieux suffisent pour rendre des sites
ordinaires très-différens d'eux-mêmes. Une
forêt remplie de bêtes fauves perdra beaucoup si elle n'en contient plus ; et un
endroit qui n'est qu'agréable perdra plus
encore si on le voit avec les yeux d'un
autre âge.

J'aime ici l'étendue de la forêt, la majesté
des bois dans quelques parties, la solitude
des petites vallées, la liberté des landes
sablonneuses ; beaucoup de hêtres et de
bouleaux ; une sorte de propreté et d'ai-
sance extérieure dans la ville ; l'avantage
assez grand de n'avoir jamais de boues, et
celui non moins rare de voir peu de misère;
de belles routes, une grande diversité de
chemins ; et une multitude d'*accidens*,
quoique à la vérité trop petits et trop semblables. Mais ce séjour ne saurait convenir
réellement qu'à celui qui ne connaît et
n'imagine rien de plus. Il n'est pas un site
d'un grand caractère auquel on puisse sé-

rieusement comparer ces terres basses qui
n'ont ni vagues, ni torrens, rien qui étonne
ou qui attache ; surface monotone à qui il
ne resterait plus aucune beauté si l'on en
coupait les bois; assemblage trivial et muet
de petites plaines de bruyère, de petits
ravins, et de rochers mesquins uniformément amassés ; terre des plaines dans laquelle on peut trouver beaucoup d'hommes
avides du sort qu'ils se promettent, et pas
un satisfait de celui qu'il a.

La paix d'un lieu semblable n'est que le
silence d'un abandon momentané ; sa solitude n'est point assez sauvage. Il faut à cet
abandon un ciel pur du soir, un ciel incertain mais calme d'automne, le soleil de
dix heures entre les brouillards. Il faut des
bêtes fauves errantes dans ces solitudes :
elles sont intéressantes et pittoresques,
quand on entend des cerfs bramer la nuit
à des distances inégales, quand l'écureuil
saute de branches en branches dans les
beaux bois de Tillas avec son petit cri d'a-
larme. Sons isolés de l'être vivant ! vous
ne peuplez point les solitudes, comme le

dit mal l'expression vulgaire, vous les rendez plus profondes, plus mystérieuses; c'est par vous qu'elles sont romantiques.

LETTRE XXVI.

Paris, 9 février, troisième année.

Il faut que je vous dise toutes mes faiblesses, afin que vous me souteniez ; car je suis bien incertain : quelquefois j'ai pitié de moi-même, et quelquefois aussi je sens autrement.

Quand je rencontre un cabriolet mené par une femme telle à-peu-près que j'en imagine, je vais droit le long du cheval jusqu'à ce que la roue me touche presque ; alors je ne regarde plus, je serre le bras en me courbant un peu, et la roue passe.

Une fois j'étais ainsi dans l'imaginaire, les yeux occupés sans être précisément fixes. Aussi fut-elle obligée d'arrêter, j'avais oublié la roue ; elle avait et de la jeunesse et de la maturité ; elle était presque belle, et extrêmement aimable. Elle retint son cheval, sourit à-peu-près, et parut ne pas vouloir sourire. Je la regardais encore , et sans voir ni le cheval ni la roue , je me trouvai lui répondre.... Je suis sûr que mon œil était déjà rempli de douleur. Le cheval fut détourné , elle se penchait pour voir si la roue ne me toucherait point. Je restai dans mon songe ; mais un peu plus loin , je heurtai du pied ces fagots que les fruitiers font pour vendre à des pauvres : alors je ne vis plus rien. — Ne serait-il pas tems de prendre de la fermeté, d'entrer dans l'oubli ? Je veux dire , de ne s'occuper que de... ce qui convient à l'homme. Ne faut-il pas laisser toutes ces puérilités qui me fatiguent et m'affaiblissent ?

Je les voudrais bien ôter de moi : mais , je ne sais que mettre à la place ; et quand je me dis, il faut être homme enfin , je ne trouve que de l'incertitude. Dans votre première lettre , dites-moi ce que c'est qu'être homme.

LETTRE XXVII.

Paris, 11 février, III.

Je ne conçois pas du tout ce qu'ils entendent par amour-propre. Ils le blâment, et ils disent qu'il faut en avoir : j'aurais conclu de-là que cet amour de soi et des convenances est bon et nécessaire, qu'il est inséparable du sentiment de l'honneur, et que ses excès seuls étant funestes comme le doivent être tous les excès, il faut considérer si les choses qu'on fait par amour-propre sont bonnes ou mauvaises, et non les critiquer uniquement, parce que c'est l'amour-propre qui paraît les faire faire.

Ce n'est pas cela pourtant. Il faut avoir de l'amour-propre ; quiconque n'en a pas est un pied-plat : et il ne faut rien faire par amour-propre ; ce qui est bon pour soi-même, ou au moins indifférent, devient mauvais quand c'est l'amour-propre qui

1. 12

nous y porte. Vous qui connaissez mieux la société, expliquez-moi, je vous prie, ses secrets. J'imagine qu'il vous sera plus facile de répondre à cette question-ci qu'à celle de ma dernière lettre. Au reste, comme vous êtes brouillé avec l'idéal, voici un exemple, afin que le problème qu'il faut résoudre en soit un de science-pratique.

Un étranger demeure depuis peu à la campagne chez des amis opulens : il croit devoir à ses amis et à lui-même de ne pas s'avilir dans l'opinion des gens de la maison, et il suppose que les apparences sont tout pour cette classe d'hommes. Il ne recevait point chez lui, il ne voyait personne de la ville : un seul individu, un parent qui vient par hasard, se trouve être un homme original et d'ailleurs peu aisé, dont la manière bizarre et l'extérieur assez commun, doivent donner à des domestiques l'idée d'une condition basse. On ne parle pas à ces gens-là; on ne peut pas les mettre au fait par un mot, on ne s'explique pas avec eux, ils ne savent pas qui vous êtes;

ils ne vous voient d'autre connaissance
qu'un homme qui est loin de leur en imposer et dont ils se permettent de rire.
Aussi la personne dont je parle fut très-
contrariée ; on l'en blâme d'autant plus,
que c'est à l'occasion d'un parent, voilà
une réputation d'amour-propre établie ; et
cependant je trouve qu'elle l'est bien mal-
à-propos.

LETTRE XXVIII.

Paris, 27 février, III.

Vous ne pouviez me demander plus à propos d'où vient l'expression de pied-plat. Ce matin, je ne le savais pas davantage que vous ; je crains bien de ne le pas savoir mieux ce soir, quoiqu'on m'ait dit ce que je vais vous rendre.

Puisque les Gaulois ont été soumis aux Romains, c'est qu'ils étaient faits pour servir ; puisque les Francs ont envahi les Gaules, c'est qu'ils étaient nés pour vaincre : conclusions frappantes. Or, les Galles ou Welches avaient les pieds fort plats, et les Francs les avaient fort élevés. Les Francs méprisèrent tous ces pieds-plats, ces vaincus, ces serfs, ses cultivateurs : et maintenant que les descendans des Francs sont très-exposés à obéir aux enfans des Gaulois ; un pied-plat est encore un homme fait pour servir. Je ne me rappelle point où je lisais dernièrement, qu'il n'y a pas en France une famille qui puisse prétendre, avec quelque fondement, descendre de cette horde du Nord qui prit un pays déjà pris que ses maîtres ne savaient comment garder. Mais ces origines qui échappent à l'art par excellence, à la science héraldique se trouvent prouvées par le fait : dans la foule la plus confuse on distinguera facilement les petits neveux des Scythes *, et tous les pieds – plats reconnaîtront leurs maîtres. Je ne me ressouviens point des formes plus ou moins nobles de votre pied ; mais je vous avertis que le mien est celui des conquérans : c'est à vous de voir si vous pouvez conserver avec moi le ton familier.

---

* Plusieurs savans prétendent que les Francs sont le même peuple que les Russes, et qu'ainsi ils sont originaires de cette contrée dont les hordes semblent destinées de tems immémorial, à dompter les nations, et à. . . . . .recommencer leur ouvrage.

LETTRE XXIX.

Paris , 2 mars , III.

Je n'aime point un pays où le pauvre est réduit à demander au nom de Dieu. Quel peuple que celui chez qui l'homme n'est rien par lui-même !

Quand ce malheureux me dit: que le bon Jésus ! que la Vierge....! Quand il m'exprime ainsi sa triste reconnaissance , je ne me sens point porté à m'applaudir dans un secret orgueil , parce que je suis libre de chaînes ridicules ou adorées , et de ces préjugés contraires qui mènent aussi le monde. Mais plutôt ma tête se baisse sans que j'y songe, mes yeux se fixent vers la terre : je me sens affligé, humilié, en voyant l'esprit de l'homme si vaste et si stupide.

Lorsque c'est un homme infirme qui mendie tout un jour, avec le cri des longues douleurs, au milieu d'une ville populeuse, je m'indigne, et je heurterais volontiers ces gens qui font un détour en passant auprès de lui, qui le voient et ne l'entendent pas. Je me trouve avec humeur au milieu de cette tourbe de plats tyrans : j'imagine un plaisir juste et mâle à voir l'incendie vengeur anéantir ces villes et tout leur ouvrage, ces arts de caprice, ces livres inutiles, ces ateliers, ces forges, ces chantiers. Cependant, sais-je ce qu'il faudrait, ce que l'on peut faire ? Je ne voudrais rien.

Je regarde les choses positives : je rentre dans le doute ; je vois une obscurité profonde. J'abandonnerai l'idée même d'un monde meilleur ! Las et rebuté, je plains seulement une existence stérile et des besoins fortuits. Ne sachant où je suis, j'attends le jour qui doit tout terminer, et ne rien éclaircir.

A la porte d'un spectacle, à l'entrée pour les premières loges, l'infortuné n'a pas trouvé un seul individu qui lui donnât : ils n'avaient rien ; et la sentinelle qui veillait pour les gens comme il faut, le repoussa rudement. Il alla vers le bureau du parterre, où la sentinelle chargée d'un ministère moins auguste tâcha de ne pas l'apercevoir. Je l'avais suivi des yeux. Enfin, un homme qui me parut un garçon de boutique et qui tenait déjà la pièce qu'il fallait pour son billet, le refusa doucement, hésita, chercha dans sa poche et n'en tira rien ; il finit par lui donner la pièce d'argent, et s'en retourna. Le pauvre sentit le sacrifice ; il le regardait s'en aller et fit quelques pas selon ses forces, il était entraîné à le suivre : je vis qu'il le sentait bien.

LETTRE XXX.

Paris , 7 mars , III.

Il faisait sombre et un peu froid ; j'étais abattu, je marchais parce que je ne pouvais rien faire. Je passai auprès de quelques fleurs posées sur un mur à hauteur d'appui. Une jonquille était fleurie. C'est la plus forte expression du desir : c'était le premier parfum de l'année. Je sentis tout le bonheur destiné à l'homme. Cette indicible harmonie des êtres, le fantôme du monde idéal fut tout entier dans moi : jamais je n'éprouvai quelque chose de plus grand, et de si instantané. Je ne saurais trouver quelle forme, quelle analogie, quel rapport secret a pu me faire voir dans cette fleur une beauté illimitée, l'expression, l'élégance, l'attitude d'une femme heureuse et simple dans toute la grâce et la splendeur de la saison d'aimer. Je ne concevrai point cette puissance,

cette immensité que rien n'exprimera, cette
forme que rien ne contiendra, cette idée
d'un monde meilleur, que l'on sent et que
la nature n'aurait pas fait; cette lueur céleste que nous croyons saisir, qui nous
passionne, qui nous entraîne, et qui n'est
qu'une ombre indicernable, errante, égarée dans le ténébreux abîme.

Mais cette ombre, cette image élyséenne,
embellie dans le vague, puissante de tout
le prestige de l'inconnu, devenue nécessaire dans nos misères, devenue naturelle
à nos cœurs opprimés, quel homme a pu
l'entrevoir une fois seulement et l'oublier
jamais?

Quand la résistance, quand l'inertie d'une
puissance morte, brute, immonde nous
entrave, nous enveloppe, nous comprime,
nous retient plongés dans les incertitudes,
les dégoûts, les puérilités, les folies imbé-
cilles ou cruelles; quand on ne sait rien;
quand on ne possède rien; quand tout passe
devant nous comme les figures bizarres
d'un songe odieux et ridicule; qui répri-

mera dans nos cœurs le besoin d'un autre
ordre, d'une autre nature ?

Cette lumière ne serait-elle qu'une lueur
fantastique ? Elle séduit, elle subjugue dans
la nuit universelle. On s'y attache, on la
suit : si elle nous égare, elle nous éclaire
et nous embrase. Nous imaginons, nous
voyons une terre de paix, d'ordre, d'union,
de justice ; où tous sentent, veulent et
jouissent avec la délicatesse qui fait les
plaisirs, avec la simplicité qui les multiplie.
Quand on a eu la perception des délices
inaltérables et permanentes ; quand on a
imaginé la candeur de la volupté ; combien
les soins, les vœux, les plaisirs du monde
visible sont vains et misérables ! Tout est
froid, tout est vide : on végète dans un lieu
d'exil ; et, du sein des dégoûts, on fixe
dans sa patrie imaginaire ce cœur chargé
d'ennuis. Tout ce qui l'occupe ici, tout ce
qui l'arrête n'est plus qu'une chaîne avilissante : on rirait de pitié, si l'on n'était
accablé de douleurs. Et lorsque l'imagination reportée vers ces lieux meilleurs, com-
pare un monde raisonnable au monde où

tout fatigue et tout ennuie, l'on ne sait plus
si cette grande conception n'est qu'une idée
heureuse et qui peut distraire des choses
réelles, ou si la vie sociale n'est pas elle-
même une longue distraction.

LETTRE XXXI.

Paris , 3o mars , III.

J'AI beaucoup de soin dans les petites choses ; je songe alors à mes intérêts. Je ne néglige rien dans les détails, dans ces minuties qui feraient sourire de pitié des hommes raisonnables : et si les choses sérieuses me semblent petites, les petites ont pour moi de la valeur. Il faudra que je me rende raison de ces bizarreries ; que je voie si je suis, par caractère, étroit et minutieux ? S'il s'agissait de choses vraiment importantes , si j'étais chargé de la félicité d'un peuple, je sens que je trouverais une énergie égale à ma destinée sous ce poids difficile et beau. Mais j'ai honte des affaires de la vie civile : tous ces soins d'hommes ne sont, à mes tristes yeux, que des soucis d'enfans. Beaucoup de grandes choses ne me paraissent que des embarras misérables, où

l'on s'engage avec plus de légèreté que
d'énergie ; et dans lesquels l'homme ne
chercherait pas sa grandeur, s'il n'était
affaibli et troublé dans une perfection trom-
peuse.

Je vous le dis avec simplicité, si je vois
ainsi, ce n'est pas ma faute, et je ne m'entête pas d'une vaine prétention : souvent
j'ai voulu voir autrement, je ne l'ai jamais
pu. Que vous dirai - je ? plus misérable
qu'eux, je souffre parmi eux, parce qu'ils
sont faibles ; et dans une nature plus forte,
je souffrirais encore, parce qu'ils m'ont
affaibli comme eux.

Si vous pouviez voir comme je m'occupe
de ces riens qu'on quitterait à douze ans :
comme j'aime ces ronds de bois dur et
propre, qui servent d'assiette vers les montagnes : comme je conserve de vieux journaux, non pas pour les relire, mais on
pourrait envelopper quelque chose, un
papier simple est si commode ! comme à la
vue d'une planche bien régulière, bien
unie, je dirais volontiers, que cela est
beau ! tandis qu'un bijou bien travaillé me

semble à peine curieux, et qu'une chaîne de diamans me fait hausser les épaules.

Je ne vois que l'utilité première : les rapports indirects ont peine à me devenir familiers ; et je perdrais dix louis avec moins de regret, qu'un couteau bien proportionné que j'aurai long-tems porté sur moi.

Vous me disiez, il y a déjà du tems : Ne négligez point vos affaires ; n'allez pas perdre ce qui vous reste, car vous n'êtes point de caractère à acquérir. Je crois que vous ne serez pas aujourd'hui d'un autre avis.

Suis-je borné aux petits intérêts ? Attribuerai-je ces singularités au goût des choses simples, à l'habitude des ennuis, ou bien sont-elles une manie puérile, signe d'inaptitude aux choses solides, mâles et généreuses ?—C'est quand je vois tant de grands enfans séchés par l'âge et par l'intérêt, parler d'occupations *sérieuses* : c'est quand je porte l'œil du dégoût sur ma vie réprimée ; quand je considère tout ce que l'espèce humaine demande, et ce que nul ne fait : c'est alors que je fronce le sourcil, que mon

œil se fixe, et qu'un frémissement involon-
taire fait trembler mes lèvres. Aussi mes
yeux se creusent et s'abattent, et je deviens
comme un homme fatigué de veilles. Un
important m'a dit : Vous travaillez donc
beaucoup ! Heureusement je n'ai pas ri.
L'air laborieux manquait à ma honte.

Tous ces hommes qui, dans le fait, ne
sont rien, et que pourtant il faut bien
voir quelquefois, me dédommagent un
peu de l'ennui qu'inspirent leurs villes.
J'en aime assez les plus raisonnables; ceux-
là m'amusent.

LETTRE XXXII.

Paris, 29 avril, III.

Il y a quelque temps qu'à la bibliothèque j'entendis nommer près de moi le célèbre L.... Une autre fois je me trouvai à la même table que lui; l'encre manquait, je lui passai mon écritoire: ce matin je l'aperçus en arrivant, et je me plaçai auprès de lui. Il eut la complaisance de me communiquer des idylles qu'il trouva dans un vieux manuscrit latin, et qui sont d'un auteur grec fort peu connu. Je copiai seulement la moins longue, car l'heure de sortir approchait. La voici telle que je viens de la traduire.

Je suis hors d'état de m'attacher à aucune chose, et je ne saurais plus m'occuper d'aucune. Malgré tous mes efforts, je reviens toujours à toi; et mes idées, que je voudrais

un moment tourner vers d'autres objets,
me présentent toujours ton image. Il semble que mon existence soit liée à la tienne,
et que je ne sois pas tout entier là où tu
n'es pas : toutes mes facultés seraient perdues si je ne t'aimais point.

Écoute : je vais te parler simplement et
comme un homme qui n'a pas besoin de
cacher ce qu'il desire. Depuis que je t'ai vue,
voici deux fois que l'hiver a glacé nos ruisseaux et blanchi nos prés ; mais il n'a pas
refroidi mon cœur. Que deviendrai-je si je
cesse de t'aimer ? Où seront mes plaisirs,
et à quoi passerai-je ma vie ? Si tu m'ôtes
l'espérance , que restera-t-il pour me soutenir ? Vois la fleur épuisée par les feux du
soleil ; si l'on cesse de l'arroser, elle se
flétrit, elle souffre, elle meurt.

Je suis bien jeune encore : si tu le veux,
je t'aimerai long-tems. Nous vivrons dans
la même vallée , et nos troupeaux irons
dans les mêmes pâturages. Si les loups
avides enlèvent tes agneaux, j'accourrai,
je combattrai le loup furieux, je rapporterai
près de toi l'agneau encore épouvanté. Tu

me souriras en le rassurant ; et , comme lui , j'oublierai le danger. Si la mortalité s'attache à mes brebis et qu'elle respecte les tiennes, je me consolerai en voyant qu'elle ne t'a rien enlevé. Si elle ravage ton troupeau , je t'offrirai mes brebis les plus douces, mes béliers les plus beaux ; je les aimerai davantage si tu les acceptes , ils seront plus à moi quand je te les aurai donnés.

Lorsque les vents d'hiver souffleront dans la vallée, quand les frimats couvriront nos prairies, j'irai dans les forêts et je rapporterai les branches des ifs et des pins que l'hiver ne dépouille point : je couvrirai ton toit d'une verdure nouvelle, et la neige ne pénétrera pas dans tes foyers. Quand l'herbe renaîtra, et que la saison sera encore mauvaise, j'appellerai tes brebis ; elles sortiront avec les miennes, et tu resteras dans ta demeure. Mais aussi, dès qu'il y aura de beaux momens, j'observerai la fleur encore fermée ; j'écarterai l'ombre qui la retarderait, je t'apporterai la première qui fleurira.

Mais si tu me commandes de te fuir,

13

j'oublierai la feuille nouvelle. Le soleil du printems et les jours d'été seront pour moi comme les brouillards qui finissent l'année, comme les nuits sombres de l'hiver. Je serai seul au milieu des pasteurs, comme si j'étais abandonné dans un pays stérile ; je serai muet au milieu de leurs chants ; et je m'éloignerai des sacrifices et des danses , afin de ne point importuner de ma tristesse ceux qui peuvent avoir du plaisir.*

---

* La scène paraît être dans la partie élevée du Péloponèse. Ces peuples pasteurs étaient connus pour leurs mœurs simples et heureuses, entre Corinthe et Lacédémone déjà très-changée. Il y a beaucoup de fictions sans doute dans ce qui a été dit des Arcadiens ; mais l'Arcadie était dans la Grèce ce qu'est la Suisse dans l'Europe occidentale. Même sol , même climat, mêmes habitudes , autant que cette ressemblance peut exister dans des lieux éloignés et dans des siècles fort différens.

Les Arcadiens avaient la manie de donner leurs hommes aux puissances voisines, et de les donner à la première venue, en sorte qu'ils se trouvaient quelquefois réduits à se battre les uns contre les autres. Voyez Thucidide , liv. 7.

Ce service dans l'étranger, considéré sous d'autres

rapports, a fait plus de mal aux Suisses qu'il n'en avait fait aux Arcadiens. Les Arcadiens différaient beaucoup des peuples chez lesquels leur jeunesse servait. Mais les vallées suisses devaient différer plus encore des capitales de leurs voisins. Les mœurs modernes ne sont à-peu-près que des habitudes ; elles n'ont pas la force, la sanction que des moyens perdus maintenant, donnaient aux Institutions anciennes. Les Suisses avaient donc doublement à craindre de perdre les leurs, lorsque la jeunesse dont l'audace, l'inexpérience et l'activité frondent si volontiers les vieux usages, rapporterait les manières brillantes des grandes villes dans des rochers trop rustiques à leurs yeux.

Les Suisses ont été reconnus pour sages, parce qu'en effet ils ont eu des vues nationales lorsque les autres cabinets en avaient de ministérielles : mais pourquoi leurs guerres en Italie ? Pourquoi ?.... et sur-tout pourquoi ce service dans l'étranger ? Pour entretenir le peuple dans l'art des guerriers, sans pourtant partager les fléaux de la perpétuelle agitation de l'Europe. Ce motif, plausible, n'était pas suffisant : le tems en a fait voir les raisons, et elles seraient trop longues à dire. Pour remédier à un excédent de population. Telle est la faiblesse de notre politique : elle sait éluder les maux, mais non les réparer ; elle n'ose sur-tout les prévenir.

Comment les anciens de la Suisse n'empêchèrent-ils pas ce mal dont ils ne pouvaient ignorer les dan-

gers et la honte? c'est qu'un peuple pauvre, au milieu des peuples qui aiment l'argent, et qui en ont,
l'aime excessivement lui-même, dès qu'il commence
à le connaître. C'est que dans les conseils et dans
les assemblées des cantons, tandis que les affaires du
second ordre étaient réglées par des hommes mûrs,
qui formaient le gouvernement, les questions importantes passaient à la pluralité des voix dans le
corps en qui résidait la souveraineté. Or le souverain
y était principalement composé de jeunes gens plus
ou moins surpris de conduire l'État, ou plus avides
de courses, de dangers et d'honneurs, que d'une
prospérité obscure et tranquille; de jeunes gens
plus occupés de montrer leur pouvoir, et d'entraîner
les vieillards sous leurs lois, que de se soumettre
eux-mêmes aux mœurs antiques et aux maximes
que les vieillards voulaient conserver. C'est enfin
que la Suisse n'avait pas une véritable diète; et que
son union imparfaite, et troublée, selon les tems,
soit par l'ambition de quelques-uns de ses confédérés,
soit par l'opposition des religions, ne permettait
guère de statuer sur ce qui eût paru attaquer l'indépendance individuelle des cantons.

Quoique cette confédération mérite d'être respec-
tée autant peut-être qu'aucune de celles dont l'histoire ait parlé, on pourrait observer que les cantons
réunis en nombre suffisant, et à-peu-près délivrés de
la crainte de l'Autriche, eussent dû revoir leurs
constitutions dans une assemblée générale. En gar-

dant chacun leur souveraineté et la différence de leurs lois, ils eussent consenti tous à régler selon l'intérêt commun, ce que l'intérêt de la patrie exigeait de tous. On eût réparé les fautes qu'avoit faites une politique fausse ou personnelle. Ces hommes simples et d'un sens droit, ces magistrats d'alors qui avaient une patrie, et dont l'ame était pure, eussent achevé et consolidé le bonheur d'un pays, que sa situation, sa révolution très-heureuse, et d'autres circonstances destinaient au bonheur. Ils eussent senti, par exemple, que Berne, Fribourg, etc. eurent des vues étroites, lorsque pour réprimer la noblesse, ils la gênèrent en la laissant subsister : c'était entretenir exprès un ennemi intérieur. Admettre des nobles, et leur ôter des prérogatives que l'on réserve à d'autres, ce n'est pas les contenir, c'est les mécontenter : c'est préparer des troubles. Un corps dont la nature est de chercher et de vouloir les distinctions, qui ne peut cesser d'y prétendre, et dont l'existence est fondée sur elles, doit être ou expulsé ou réduit à une entière impuissance, ou enfin mis au-dessus de tout, si ce n'est par le pouvoir, au moins par les honneurs. Mais il est contradictoire de recevoir des nobles, et de leur interdire ce que la noblesse cherche nécessairement; de marquer la limite de leur élévation, tandis que la nature de la noblesse est de s'élever toujours; et d'exiger de ceux d'entre eux à qui on accorde du pouvoir, qu'ils renoncent aux titres que l'opinion met au-dessus, et pour lesquels seuls ordinairement les nobles cherchent le pouvoir.

Cette longue note s'écarte trop de son premier objet ; il est tems de la terminer.

LETTRE XXXIII.

Paris, 7 mai, III.

Sɪ je ne me trompe, mes idylles ne sont pas fort intéressantes pour vous, me dit hier l'auteur dont je vous ai parlé, qui me cherchait des yeux et qui me fit signe lorsque j'arrivai. J'allais tâcher de répondre quelque chose qui fût honnête et pourtant vrai, lorsqu'en me regardant, il m'en évita le soin, et ajouta aussitôt : peut-être aimerez-vous mieux un fragment moral ou philosophique, qui a été attribué à Aristippe, dont Varron a parlé, et que depuis l'on a cru perdu. Il ne l'était pas pourtant, puisqu'il a été traduit au quinzième siècle en français de ce tems-là. Je l'ai trouvé manuscrit, et ajouté à la suite de Plutarque dans un exemplaire imprimé d'Amyot, que personne n'ouvrait parce qu'il y manque beaucoup de feuilles.

J'ai avoué que n'étant pas un érudit, j'avais en effet le malheur d'aimer mieux les choses que les mots, et que j'étais beaucoup plus curieux des sentimens d'Aristippe que d'une églogue, fût-elle de Bion, ou de Théocrite.

On n'a point, à ce qu'il m'a paru, de preuves suffisantes que ce petit écrit soit d'Aristippe; et l'on doit à sa mémoire de ne pas lui attribuer ce que peut-être il désavouerait. Mais s'il est de lui, ce grec célèbre, aussi mal jugé qu'Epicure, et que l'on a cru voluptueux avec mollesse, ou d'une philosophie trop facile, avait cependant cette sévérité qu'exige la prudence et l'ordre, seule sévérité qui convienne à l'homme né pour jouir et passager sur la terre.

J'ai changé comme j'ai pu, en français moderne, ce langage quelquefois heureux, mais suranné, que j'ai eu de la peine à comprendre en plusieurs endroits. Voici donc tout ce morceau intitulé dans le manuscrit *Manuel de Pseusophanes*, à l'exception de près de deux lignes que l'on n'a pu déchiffrer.

MANUEL.

Tu viens de t'éveiller sombre, abattu, déjà fatigué du tems qui commence. Tu as porté sur la vie le regard du dégoût : tu l'as trouvée vaine, pesante; dans une heure tu la sentiras plus tolérable : aura-t-elle donc changé ?

Elle n'a point de forme déterminée. Tout ce que l'homme éprouve est dans son cœur : ce qu'il connaît est dans sa pensée. Il est tout entier dans lui-même.

Quelles pertes peuvent t'accabler ainsi ? Que peux-tu perdre ? Est-il hors de toi quelque chose qui soit à toi ? Qu'importe ce qui peut périr ? Tout passe, excepté la justice cachée sous le voile des choses inconstantes. Tout est vain pour l'homme, s'il ne s'avance point d'un pas égal et tranquille, selon les lois de l'intelligence.

Tout s'agite autour de toi, tout menace : si tu te livres aux alarmes, tes sollicitudes seront sans terme. Tu ne posséderas point les choses qui ne sauraient être possédées, et tu perdras ta vie qui t'appartenait. Ce qui arrive, passe à jamais. Ce sont des accidens nécessaires qui s'engendrent en un cercle éternel, ils s'effacent comme l'ombre imprévue et fugitive.

Quels sont tes maux ? des craintes imaginaires, des besoins d'opinion, des contrariétés d'un jour. Faible esclave ! tu t'attaches à ce qui n'est point, tu sers des fantômes. Abandonne à la foule trompée ce qui est illusoire, vain et mortel. Ne songes qu'à l'intelligence qui est le principe de l'ordre du monde, et à l'homme qui en est l'instrument : à l'intelligence qu'il faut suivre, à l'homme qu'il faut aider.

L'intelligence lutte contre la résistance de la matière, contre ces lois aveugles dont l'effet inconnu fut nommé le hasard. Quand la force qui t'a été donnée à suivi l'intelligence, quand tu as servi à l'ordre du monde que veux-tu davantage ? Tu as fait selon ta nature : et qu'y a- t-il de meilleur pour l'être qui sent et qui connaît, que de subsister selon sa nature ?

Chaque jour, en naissant à une nouvelle

vie, souviens-toi que tu as résolu de ne point passer en vain sur cette terre. Le monde s'avance vers son but. Mais toi, tu t'arrêtes, tu rétrogrades, tu reste dans un état de suspension et de langueur. Tes jours écoulés se reproduiront-ils dans un tems meilleur ? La vie se fond toute entière dans ce présent que tu négliges pour le sacrifier à l'avenir : le présent est le tems, l'avenir n'est que son apparence.

Vis en toi-même, et cherche ce qui ne périt point. Examine ce que veulent nos passions inconsidérées : de tant de choses, en est-il une qui suffise à l'homme ? L'intelligence ne trouve qu'en elle-même l'aliment de sa vie : sois juste et fort. Nul ne connaît le jour qui doit suivre : tu ne trouveras point de paix dans les choses ; cherche-là dans ton cœur. La force est la loi de la nature : la puissance c'est la volonté ; l'énergie dans les peines est meilleure que l'apathie dans les voluptés. Celui qui obéit et qui souffre, est souvent plus grand que celui qui jouit ou qui commande. Ce que tu crains est vain, ce que tu desires est

vain. Une seule chose te sera bonne, c'est
d'être ce que la nature a voulu.

Tu es intelligence et matière. Le monde
n'est pas autre chose. L'harmonie modifie
les corps : et le tout tend à la perfection par
l'amélioration perpétuelle de ses diverses
parties. Cette loi de l'univers est aussi la loi
des individus ; . . . .

. . . . Ainsi tout est bon
quand l'intelligence le dirige ; et tout est
mauvais quand l'intelligence l'abandonne.
Use des biens du corps ; mais avec la prudence qui les soumet à l'ordre. Une volupté
que l'on possède selon la nature universelle, est meilleure qu'une privation qu'elle
ne demande pas : et l'acte le plus indifférent de notre vie est moins mauvais que
l'effort de ces vertus sans but qui retardent
la sagesse.

Il n'y a pas d'autre morale que
celle du cœur de l'homme ; ni d'autre
science ou d'autre sagesse que la connaissance de ses besoins, et la juste estimation
des moyens de bonheur. Laisse la science
inutile, et les systèmes surnaturels, et les

dogmes mystérieux. Laisse à des intelli-
gences supérieures ou différentes, ce qui
est loin de toi, ce que ton intelligence
ne discerne pas bien : cela ne lui fût point
destiné.

Console, éclaire et soutiens tes semblables : ton rôle a été marqué par la place que
tu occupes dans l'immensité de l'être vivant.
Connais et suis les lois de l'homme ; et tu
aideras les autres hommes à les connaître,
à les suivre. Considère, et montre leur le
centre et la fin des choses : qu'ils voyent la
raison de ce qui les surprend, l'instabilité
de ce qui les trouble, le néant de ce qui les
entraîne.

Ne t'isole point de l'ensemble du monde ;
regarde toujours l'univers, et souviens
toi de la justice. Tu auras rempli ta vie :
tu auras fait ce qui est de l'homme.

LETTRE XXXIV.

(EXTRAIT DE DEUX LETTRES.)

Paris, 2 et 4 juin, III.

Les premiers acteurs vont quelquefois à Bordeaux, à Marseille, à Lyon ; mais le spectacle n'est bon qu'à Paris. La tragédie et la vraie comédie exigent un ensemble trop difficile à trouver ailleurs. L'exécution des meilleures pièces devient indifférente, ou même ridicule, si elles ne sont pas jouées avec un talent qui approche de la perfection : un homme de goût n'y trouve aucun agrément lorsqu'il n'y peut pas applaudir à une imitation noble et exacte de l'expression naturelle. Pour les pièces dont le genre est le comique du second ordre, il peut suffire que l'acteur principal ait un vrai talent. Le burlesque n'exige pas le même accord, la même harmonie ; il souffre plutôt des discordances, parce qu'il est fondé lui-même sur le sentiment délicat de quelques discordances : mais dans un sujet héroïque on ne peut supporter des fautes qui font rire le parterre.

Il est des spectateurs heureux qui n'ont pas besoin d'une grande vraisemblance : ils croyent toujours voir une chose réelle ; et de quelque manière qu'on joue, c'est une nécessité qu'ils pleurent dès qu'il y a des soupirs ou un poignard. Mais ceux qui ne pleurent pas ne vont guères au spectacle pour entendre ce qu'ils pourraient lire chez eux : ils y vont pour voir comment on l'exprime, et pour comparer dans un même passage, le jeu de tel avec celui de tel autre.

. . . .

J'ai vu, à peu de jours de distance, le rôle difficile de Mahomet par les trois acteurs seuls capables de l'essayer. M... mal costumé, débitant ses tirades d'une manière trop animée, trop peu solennelle, et pressant sur-tout à l'excès la dernière, ne m'a fait plaisir que dans trois ou quatre passages où j'ai reconnu ce *tragédien* supérieur

qu'on admire dans les rôles qui lui conviennent mieux.

S. joue bien ce rôle, il l'a bien étudié, il
le raisonne assez bien ; mais il est toujours
acteur, et n'est point Mahomet.

B. m'a paru entendre vraiment ce rôle
extraordinaire. Sa manière extraordinaire
elle-même, paraissait bien celle d'un prophète de l'Orient : mais peut-être elle n'était
pas aussi grande, aussi auguste, aussi imposante qu'il l'eût fallu pour un législateur
conquérant, un envoyé du ciel destiné à
convaincre par l'étonnement, à soumettre,
à triompher, à régner. Il est vrai que Mahomet, *chargé des soins de l'autel et du
trône*, n'était pas aussi fastueux que Voltaire l'a fait, comme il n'était pas non plus
aussi fourbe. Mais l'acteur dont je parle
n'est peut-être pas même le Mahomet de
l'histoire, tandis qu'il devrait être celui de
la tragédie. Cependant il m'a plus satisfait
que les deux autres, quoique le second ait
un physique plus beau, et que le premier
possède des moyens en général bien plus
grands. B. seul a bien arrêté l'imprécation

de Palmyre. S. a tiré son *sabre* : je craignais qu'on ne se mît à rire. M. y a porté la main, et son regard attérait Palmyre : à quoi servait donc cette main sur le cimeterre, cette menace contre une femme, contre Palmyre jeune et aimée. B. n'était pas même armé, ce qui m'a fait plaisir. Lorsque, lassé d'entendre Palmyre, il voulut enfin l'arrêter, son regard profond et terrible sembla le lui commander au nom d'un Dieu, et la forcer de rester suspendue entre la terreur de son ancienne croyance, et ce désespoir de la conscience et de l'amour trompés.

. . . .

Comment peut-on prétendre sérieusement que la manière d'exprimer est une affaire de convention ? C'est la même erreur que celle de ce proverbe si faux dans l'acception qu'on lui donne ordinairement : il ne faut pas disputer des goûts et des couleurs.

Que prouvait M. R.* en chantant sur les mêmes notes : *J'ai perdu mon Euridice : J'ai trouvé mon Euridice?* Les mêmes notes peuvent servir à exprimer la plus grande

14 *

joie, ou la douleur la plus amère ; on n'en disconvient pas : mais le sens musical est-il tout entier dans les notes ? Quand vous substituez le mot trouvé au mot perdu, quand vous mettez la joie à la place de la douleur, vous conservez les mêmes notes ; mais vous changez absolument les moyens secondaires de l'expression. Il est incontestable qu'un étranger, qui ne comprendrait ni l'un ni l'autre de ces deux mots, ne s'y tromperait pourtant pas. Ces moyens secondaires font aussi partie de la musique : qu'on dise, si l'on veut, que la note est arbitraire ;

. . . .

Cette pièce (Mahomet) est l'une des plus belles de Voltaire ; mais peut-être chez un autre peuple, n'eût-il point fait du prophète conquérant l'amant de Palmyre. Il est vrai que l'amour de Mahomet est mâle, absolu, et même un peu farouche : il n'aime point comme Titus, mais peut-être serait-il mieux qu'il n'aimât point. On connaît la passion de Mahomet pour les femmes ; mais il est probable que dans ce cœur ambitieux et profond, après tant d'années de dissimu-

lation , de retraite , de périls et de triom-
phes , cette passion n'était pas de l'amour.

Cet amour pour Palmyre était peu convenable à ses hautes destinées, et à son génie : l'amour n'est point à sa place dans un
cœur sévère que ses projets remplissent ,
que le besoin de l'autorité vieillit, qui ne
connaît de plaisirs que par oubli , et pour
qui le bonheur même ne serait qu'une distraction.

Que signifie : L'amour seul me console ?
Qui le forçait à chercher le trône de l'O-
rient, à quitter ses femmes et son obscure
indépendance pour porter l'encensoir et le
sceptre et les armes ? L'amour seul me console ! Régler le sort des peuples , changer
le culte et les lois d'une partie du globe ,
sur les débris du monde élever l'Arabie ,
est-ce donc une vie si triste, une inaction
si léthargique ? C'est un soin difficile : sans
doute , mais c'est précisément le cas de ne
pas aimer. Ces nécessités * du cœur com-

---

* On sait que Cicéron a employé la même expression en parlant de l'amitié.

mencent dans le vide de l'ame : qui a de grandes choses à faire, a bien moins besoin d'amour.

Si du moins cet homme qui, dès long-tems n'a plus d'égaux, et qui doit régir en Dieu l'univers prévenu ; si ce favori du Dieu des batailles aimait une femme qui pût l'aider à tromper l'univers, ou une femme née pour régner, une Zénobie ; si du moins il était aimé : mais ce Mahomet qui asservit la nature à son austérité, le voilà ivre d'amour pour un enfant qui ne pense pas à lui.

Je sais qu'une nuit de Palmyre est le plus grand plaisir de l'homme ; mais enfin ce n'est qu'un plaisir. S'occuper d'une femme extraordinaire et dont on est aimé, c'est davantage : c'est un plaisir très-grand, c'est un devoir même ; mais enfin ce n'est qu'un devoir secondaire.

Je ne conçois pas ces *puissances* à qui un regard d'une maîtresse fait la loi. Je crois sentir ce que peut l'amour ; mais un homme qui gouverne n'est pas à lui. L'amour entraîne à des erreurs, à des illusions, à des fautes ; et les fautes de l'homme puissant sont trop importantes, trop funestes, elles sont des malheurs publics.

Je n'aime pas ces hommes chargés d'un grand pouvoir, qui oublient de gouverner dès qu'ils trouvent à s'occuper autrement ; qui placent leurs affections avant leur affaire, et croient que si tout leur est soumis c'est pour leur amusement ; qui arrangent selon les fantaisies de leur vie privée, les besoins des nations ; et qui feraient hacher leur armée pour voir leur maîtresse. Je plains les peuples que leur maître n'aime qu'après toutes les autres choses qu'il aime ; ces peuples qui seront livrés, si la fille de chambre d'une favorite s'aperçoit qu'on peut gagner quelque chose à les trahir.

LETTRE XXXV.

Paris , 8 juillet, III.

ENFIN, j'ai un homme sûr pour finir les choses dont le soin me retenait ici. D'ailleurs elles sont presque achevées : il n'y a plus de remède , et il est bien connu que me voilà ruiné. Il ne me reste pas même de quoi subsister jusqu'à ce qu'un événement, peut-être très-éloigné, vienne changer ma situation. Je ne sens pas d'inquiétude ; et je ne vois pas que j'aie beaucoup perdu en perdant tout , puisque je ne jouissais de rien. Je puis devenir , il est vrai, plus malheureux que je n'étais ; mais je ne deviendrai pas moins heureux. Je suis seul, je n'ai que mes propres besoins : assurément tant que je ne serai ni malade, ni dans les fers , mon sort sera toujours supportable. Je crains peu le malheur, tant je suis las d'être inutilement heureux. Il faut bien que la

vie ait des tems de revers ; c'est le moment
de la résistance et du courage. On espère
alors : on se dit ; je passe la saison de l'é-
preuve, je consume mon malheur, il est
vraisemblable que le bien lui succédera.
Mais dans la prospérité , lorsque les choses
extérieures semblent nous mettre au nombre des heureux , et que pourtant le cœur
ne jouit de rien , on supporte impatiemment
de voir ainsi se perdre ce que la fortune
n'accordera pas toujours. On déplore la
tristesse du plus beau tems de la vie : on
craint ce malheur inconnu que l'on attend
de l'instabilité des choses : on le craint d'autant plus, qu'étant malheureux même sans
lui, on doit regarder comme tout-à-fait
insupportable ce poids nouveau dont il
doit nous surcharger. C'est ainsi que ceux
qui vivent dans leurs terres, supportent
mieux de s'y ennuyer pendant l'hiver qu'ils
appellent d'avance la saison triste , que
l'été dont ils attendent les agrémens de la
campagne.

Il ne me reste aucun moyen de remédier
à rien de ce qui est fait ; et je ne saurais

voir quel parti je dois prendre jusqu'à ce que nous en ayons parlé ensemble; ainsi je ne songe qu'au présent. Me voilà débarrassé de tous soins: jamais je n'ai été si tranquille. Je pars pour Lyon ; je passerai chez vous dix jours dans la plus douce insouciance, et nous verrons ensuite.

PREMIER FRAGMENT.

Cinquième année.

Si le bonheur suivait la proportion de nos privations ou de nos biens, il y aurait trop d'inégalité entre les hommes. Si le bonheur dépendait uniquement du caractère, cette inégalité serait trop grande encore. S'il dépendait absolument de la combinaison du caractère et des circonstances, les hommes que favorisent de concert, et leur prudence et leur destinée, auraient trop d'avantages. Il y aurait des hommes très-heureux et des hommes excessivement malheureux ; mais ce ne sont pas les circonstances seules qui font notre sort : ce n'est pas même le seul concours des circonstances actuelles avec la trace, ou avec l'habitude laissée par les circonstances passées, ou avec les dispositions particulières de notre caractère. La combinaison de ces causes a des

effets très-étendus; mais elle ne fait pas
seule notre humeur difficile et chagrine,
notre ennui, notre mécontentement, notre
dégoût des choses, et des hommes, et de
toute la vie humaine. Nous avons en nous-
mêmes ce principe général de refroidisse-
ment, et d'aversion ou d'indifférence : nous
l'avons tous, indépendamment de ce que
nos inclinations individuelles et nos habitudes peuvent faire pour y ajouter ou pour
en affaiblir les suites. Une certaine modifi-
cation de nos humeurs, une certaine situation de tout notre être doivent produire en
nous cette affection morale. C'est une nécessité que nous ayons de la douleur, comme
de la joie : nous avons besoin de nous fâcher contre les choses, comme nous avons
besoin d'en jouir.

L'homme ne saurait desirer et posséder
sans interruption, comme il ne peut toujours souffrir. La continuité d'un ordre de
sensations heureuses ou de sensations mal-
heureuses, ne peut subsister long-tems
dans la privation absolue des sensations
contraires. La mutabilité des choses de la

vie ne permet pas cette constance dans les affections que nous en recevons; et quand même il en serait autrement, notre organisation n'est pas susceptible d'invariabilité.

Si l'homme qui croit à sa fortune ne voit point le malheur venir du dehors à sa rencontre, il ne saurait tarder à le découvrir dans lui-même. Si l'infortuné ne reçoit pas de consolations extérieures, il en trouvera bientôt dans son cœur.

Quand nous avons tout arrangé, tout obtenu pour jouir toujours, nous avons peu fait pour le bonheur. Il faut bien que quelque chose nous mécontente et nous afflige : et si nous sommes parvenus à écarter tout le mal, ce sera le bien lui-même qui nous déplaira.

Mais si la faculté de jouir ou celle de souffrir ne peut être exercée, ni l'une ni l'autre, à l'exclusion totale de celle que notre nature destine à la contre-balancer, chacune du moins peut l'être accidentellement beaucoup plus que l'autre : ainsi les circonstances, sans être tout pour nous, auront pourtant une grande influence sur notre habitude intérieure. Si les hommes que le sort favorise n'ont pas de grands sujets de douleur, les plus petites choses suffiront pour en exciter en eux; au défaut de causes, tout deviendra occasion. Ceux que l'adversité poursuit, ayant de grandes occasion de souffrir, souffriront fortement; mais ayant assez souffert à-la-fois, ils ne souffriront pas habituellement : aussitôt que les circonstances les laisseront à eux-mêmes, ils ne souffriront plus, car le besoin de souffrir est satisfait en eux; et même ils jouiront, parce que le besoin opposé réagit d'autant plus constamment que l'autre besoin rempli, nous a emporté plus loin dans la direction contraire *.

Ces deux forces contraires tendent à l'équilibre; mais elles n'y arrivent point, à moins que ce ne soit pour l'espèce entière.

---

* Dans l'état de malheur, la réaction doit être plus forte; puisque la nature de l'être organisé le pousse plus particulièrement à son bien être comme à sa conservation.

S'il n'y avait pas de tendance à l'équilibre,
il n'y aurait pas d'ordre : si l'équilibre s'éta-
blissait dans les détails, tout serait fixe, il
n'y aurait pas de mouvement. Dans chacune
de ces suppositions, il n'y aurait point un
ensemble unique et varié, le monde ne
serait pas.

Il me semble que l'homme très-malheureux, mais inégalement et par reprises iso-
lées, doit avoir une propension habituelle
à la joie, au calme, aux jouissances affec-
tueuses, à la confiance, à l'amitié, à la
droiture.

L'homme très-malheureux, mais également, lentement, uniformément, sera dans
une lutte perpétuelle des deux principes
moteurs ; il sera d'une humeur incertaine,
difficile, irritable. Toujours imaginant le
bien, et toujours par cette raison même,
s'irritant du mal, minutieux dans le sentiment de cette alternative, il sera plus fatigué que séduit par les moindres illusions ;
il est aussitôt détrompé ; tout le décourage,
comme tout l'intéresse.

Celui qui est continuellement moitié

heureux, en quelque sorte, et moitié malheureux, approchera de l'équilibre : assez
égal, il sera bon, plutôt que d'un grand
caractère ; sa vie sera plus douce qu'heureuse ; il aura du jugement, et peu de
génie.

Celui qui jouit habituellement, et sans
avoir jamais de malheur visible, ne sera
séduit par rien : car il n'a plus besoin de
jouir ; et dans son bien être extérieur, il
éprouve secrétement un perpétuel besoin
de souffrir. Il ne sera pas expensif, indulgent, aimant ; mais il sera indifférent dans
la jouissance des plus grands biens, et susceptible de trouver un malheur dans le
plus petit inconvénient. Habitué à ne point
éprouver de revers, il sera confiant, mais
confiant en lui-même ou dans son sort, et
non point envers les autres hommes : il ne
sent pas le besoin de leur appui ; et comme
sa fortune est meilleure que celle du plus
grand nombre, il est bien près de se sentir
plus sage que tous. Il veut toujours jouir,
et sur-tout il veut paraître jouir beaucoup,
et cependant il éprouve un besoin interne

de souffrir; ainsi dans le moindre prétexte, il trouvera facilement un motif de se fâcher contre les choses, d'être indisposé contre les hommes. N'étant pas vraiment bien, mais n'ayant pas à espérer d'être mieux, il ne desirera rien d'une manière positive ; mais il aimera le changement en général, et il l'aimera dans les détails plus que dans l'ensemble. Ayant trop, il sera prompt à tout quitter. Il trouvera quelque plaisir, il mettra une sorte de vanité à être irrité, aliéné, souffrant, mécontent. Il sera difficile, il sera exigeant : sans cela que lui resterait-il de cette supériorité qu'il prétend avoir sur les autres hommes, et qu'il affecterait encore si même il n'y prétendait plus. Il sera dur, il cherchera à s'entourer d'esclaves, pour que d'autres avouent cette supériorité; pour qu'ils en souffrent du moins, quand lui-même n'en jouit pas.

Je doute qu'il soit bon à l'homme actuel d'être habituellement fortuné, sans avoir jamais eu le sort contre lui. Peut-être l'homme heureux, parmi nous, est celui qui a beaucoup souffert: mais non pas habituellement et de cette manière lentement comprimante qui abat les facultés sans être assez extrême pour exciter l'énergie secrète de l'ame, pour la réduire heureusement à chercher en elle des ressources qu'elle ne se connaissait pas *.

C'est un avantage pour la vie entière d'avoir été malheureux dans l'âge où la tête et le cœur commencent à vivre. C'est la leçon du sort : elle forme les hommes bons * * ; elle étend les idées, et mûrit les cœurs avant que la vieillesse les ait affaiblis ; elle fait l'homme assez tôt pour qu'il soit entièrement homme. Si elle ôte la joie et les plaisirs, elle inspire le sentiment de l'ordre et le goût des biens domestiques : elle donne le plus grand bonheur que nous devions attendre, celui de n'en attendre d'autre que de végéter utiles

---

* Tout cela, quoique exprimé d'une manière positive, ne doit pas être regardé comme vrai *rigoureusement*.

* * Il y a des hommes qu'elle aigrit ; c'est ceux qui ne sont point méchans, et non pas ceux qui sont bons.

et paisibles. On est bien moins malheureux quand on ne veut plus que vivre : on est plus près d'être utile, lorsqu'étant encore dans la force de l'âge, on ne cherche plus rien pour soi. Je ne vois que le malheur qui puisse, avant la vieillesse, mûrir ainsi les hommes ordinaires.

La vraie bonté exige des conceptions étendues, une ame grande et des passions réprimées. Si la bonté est le premier mérite de l'homme, si les perfections morales sont essentielles au bonheur ; c'est parmi ceux qui ont beaucoup souffert dans les premières années de la vie du cœur, que l'on trouvera les hommes les mieux organisés pour eux-mêmes et pour l'intérêt de tous ; les hommes les plus justes, les plus sensés, les moins éloignés du bonheur et le plus invariablement attachés à la vertu.

Qu'importe à l'ordre social qu'un vieillard ait renoncé aux objets des passions, et qu'un homme faible n'ait pas le projet de nuire ? De bonnes gens ne sont pas des hommes bons ; ceux qui ne font bien que par faiblesse, pourront faire beaucoup de mal dans des circonstances différentes. Susceptible de défiance, d'animosité, de superstitions, et sur‑tout d'entêtement, l'instrument aveugle de plusieurs choses louables où le portait son penchant, sera le vil jouet d'une idée folle qui dérangera sa tête, d'une manie qui gâtera son cœur, ou de quelque projet funeste auquel un fourbe saura l'employer.

Mais l'homme de bien est invariable : il n'a les passions d'aucune coterie, ni les habitudes d'aucun état; on ne l'emploie pas : il ne peut avoir ni animosité, ni ostentation, ni manies : il n'est étonné ni du bien, parce qu'il l'eût fait également, ni du mal, parce qu'il est dans la nature : il s'indigne contre le crime, et ne hait pas le coupable; il méprise la bassesse de l'ame, mais il ne s'irrite pas contre un vers à cause que le malheureux n'a point d'ailes.

Il n'est pas l'ennemi du superstitieux, car il n'a pas de superstitions contraires : il cherche l'origine souvent très‑sage * de

* Les idées obscures ou profondes s'altèrent avec

tant d'opinions devenues insensées, et il
rit de ce qu'on a ainsi pris le change. Il
a des vertus, non par fanatisme, mais parce
qu'il cherche l'ordre : il fait le bien pour
diminuer l'inutilité de sa vie : il préfère
les jouissances des autres aux siennes, car
les autres peuvent jouir, et lui ne le peut
guère : il aime seulement à se réserver ce
qui procure les moyens d'être bon à quelque chose, et aussi de vivre sans trouble,
car il faut du calme à qui n'attend pas de
plaisirs. Il n'est point défiant; mais comme
il n'est pas séduit, il pense quelquefois à
contenir la facilité de son cœur : il sait
s'amuser à être un peu victime, mais il
n'entend pas qu'on le prenne pour dupe.
Il peut avoir à souffrir de quelques fri-
pons : il n'est pas leur jouet. Il laissera par
fois à certains hommes à qui il est utile,

le tems, et on s'habitue à les considérer sous un
autre aspect: lorsqu'elles commencent à devenir absurdes, le peuple commence à les trouver divines;
lorsqu'elles le sont tout-à-fait, il veut mourir pour
elles. Ce n'est que vingt siècles après qu'il aime autant travailler et boire.

le petit plaisir de se donner en cachette les airs de le protéger. Il n'est pas content de ce qu'il fait, parce qu'il sent qu'on pourrait faire beaucoup plus : il l'est seulement un peu de ses intentions, sans être plus fier de cette organisation intérieure qu'il ne le serait d'avoir reçu un nez d'une belle forme. Il consumera ainsi ses heures en se traînant vers le mieux ; quelquefois d'un pas énergique quoiqu'embarrassé ; plus souvent avec incertitude, avec un peu de faiblesse, avec le sourire du découragement.

Quand il est nécessaire d'opposer le mérite de l'homme à quelques autres mérites feints ou inutiles, par lesquels on prétend tout confondre et tout avilir ; il dit que le premier mérite est l'imperturbable droiture de l'homme de bien, puisque c'est le plus certainement utile ; on lui répond qu'il est orgueilleux, et il rit. Il souffre les peines, il pardonne les torts domestiques : on lui dit, que ne faites-vous de plus grandes choses ? il rit. Ces grandes choses lui sont confiées ; il est

accusé par les amis d'un traître, et condamné par celui qu'on trahit : il sourit,
et s'en va. Les siens lui disent que c'est
une injustice inouie ; et il rit davantage.

. . . .

. . . .

. . . .

———————

SECOND FRAGMENT.

Je ne suis pas surpris que la justesse des idées soit assez rare en morale. Les anciens qui n'avaient pas l'expérience des siècles, ont plusieurs fois songé à mettre la destinée du cœur de l'homme entre les mains des sages. La politique moderne est plus profonde ; elle a livré l'unique science aux prédicateurs, et à cette foule que les imprimeurs appellent hommes de lettres : mais elle protége solennellement l'art de faire des fleurs en sucre, et l'invention des perruques d'une nouvelle forme.

Dès que l'on observe les peines d'une certaine classe d'hommes, et qu'on commence à découvrir leurs causes, on reconnaît qu'une des choses les plus nouvelles et les plus utiles que l'on pût faire, serait de les prémunir contre des vérités qui les trompent , contre des vertus qui les perdent. . . . .

Le mépris de l'or est une chose absurde. Sans doute préférer l'or à son devoir est un crime : mais ne sait-on pas que la raison prescrit de préférer le devoir à la vie comme aux richesses. Si la vie n'en est pas moins un bien en général , pourquoi l'or n'en serait-il pas aussi un. Quelques hommes indépendans et isolés font très-bien de s'en passer : mais tous ne sont pas dans ce cas ; et ces déclamations si vaines , qui ont un côté faux , nuisent beaucoup à la vertu. Vous avez rendu contradictoires les principes de conduite : si la vertu n'est que l'effort vers l'ordre , est-ce par tant de désordre et de confusion que vous prétendez y amener les hommes? Pour moi qui estime encore plus dans l'homme les qualités du cœur que celles de l'esprit , je pense néanmoins que l'instituteur d'un peuple trouverait plus de ressources pour contenir de mauvais cœurs, que pour concilier des esprits faux.

Les chrétiens , et d'autres, ont soutenu

que la continence perpétuelle était une vertu; ils ne l'ont pas exigée des hommes, ils ne l'ont même conseillée qu'à ceux qui prétendraient à la perfection. Quelque absolue et quelque indiscrète que doive être une loi qui vient du ciel, elle n'a pas osé davantage. Quand on demande aux hommes de ne pas aimer l'argent, on ne saurait y mettre trop de modération et de justesse. L'abnégation religieuse ou philosophique a pu conduire plusieurs individus à une indifférence sincère pour les richesses et même pour toute propriété; mais dans la vie ordinaire le desir de l'or est inévitable. Avec l'or, dans quelque lieu habité que je paraisse, je fais un signe; ce signe dit: Que l'on me prévienne, que l'on me nourrisse, que l'on m'habille, que l'on me désennuie, que l'on me considère, que l'on serve moi et les miens, que tout jouisse auprès de moi; si quelqu'un souffre qu'il le déclare, ses peines sont finies ! Et comme il a été dit, il est fait.

Ceux qui méprisent l'or sont comme ceux qui méprisent la gloire, qui méprisent

les femmes, qui méprisent les talens, la valeur, le mérite. Quand l'imbécillité de l'esprit,
l'impuissance des organes, ou la grossièreté
de l'ame rendent incapable d'user d'un bien
sans le pervertir, on calomnie ce bien, ne
voyant pas que c'est sa propre bassesse que
l'on accuse. Un homme crapuleux méprise
les femmes, un raisonneur épais blâme
l'esprit, un sophiste moralise contre l'argent. Sans doute les faibles esclaves de leurs
passions, des sots ingénieux, les bourgeois étonnés seront plus malheureux ou
plus méchans quand ils seront riches. Ces
gens-là doivent avoir peu, parce que, posséder ou abuser, c'est pour eux la même
chose. Sans doute encore, celui qui devient riche, et qui se met à vivre le plus
qu'il peut en riche, ne gagne pas, et quelquefois perd à changer de situation. Mais
pourquoi n'est-il pas mieux qu'auparavant,
c'est qu'il n'est pas plus riche : plus opu-
lent, il est plus gêné et plus inquiet. Il a
de grands revenus, et il s'arrange si bien
que le moindre incident les dérange, et
qu'il accumule des dettes jusqu'à sa ruine.

Il est clair que cet homme est pauvre. Centupler ses besoins ; faire tout pour l'ostentation ; avoir vingt chevaux parce qu'un tel en a quinze, et si demain il en a vingt, en avoir bien vîte trente ; c'est s'embarrasser dans les chaînes d'une pénurie plus pénible et plus soucieuse que la première. Mais avoir une maison commode et saine, un intérieur bien ordonné, de la propreté, une certaine abondance, une élégance simple, s'arrêter là quant même la fortune deviendrait quatre fois plus grande, employer le reste à tirer un ami d'embarras, à parer d'avance aux événemens funestes, à donner à l'homme bon devenu malheureux ce qu'il a donné dans sa jeunesse à de plus heureux que lui, à remplacer la vache de cette mère de famille qui n'en avait qu'une, à envoyer du grain chez ce cultivateur dont le champ vient d'être grêlé, à réparer le chemin où des chars * sont versés, où les chevaux se blessent ; s'oc-

---

* Le mot char n'est pas usité en ce sens, du moins dans la plus grande partie de la France, où

cuper selon ses facultés et ses goûts ; donner à ses enfans des connaissances, l'esprit d'ordre et des talens : tout cela vaut bien la misère gauchement prônée par la fausse sagesse.

Le mépris de l'or, inconsidérément recommandé dans l'âge qui ignore sa valeur, a souvent ôté à des hommes supérieurs, l'un des plus grands moyens, et peut-être le plus sûr de ne point vivre inutiles comme la foule.

Combien de jeunes personnes, dans le choix d'un maître, se piquent de compter les biens pour rien ; et se précipitent ainsi dans tous les dégoûts d'un sort gêné et précaire, et dans l'ennui habituel qui seul contient tant de maux. . . . .

Un homme sensé, tranquille, et qui méprise un caractère folâtre, se laisse séduire par quelque conformité dans les goûts ; il abandonne au vulgaire la gaieté, l'hu-

---

les charettes à deux roues sont plus en usage. Mais en Suisse et dans plusieurs autres endroits, on nomme ainsi les chariots légers, les voitures de campagne à quatre roues qui y servent au lieu de charettes.

meur riante , et même la vivacité , l'activité : il prend une femme sérieuse, triste,
que la première contrariété rend mélancolique , que les chagrins aigrissent ,
qui avec l'âge devient taciturne , impérieuse , austère et brusque ; et qui s'atta-
chant avec humeur à se passer de tout , et
se passant bientôt de tout par humeur et
pour en donner aux autres la leçon, rendra
toute sa maison malheureuse.

Ce n'était pas dans un sens trivial qu'E-
picure disait : Le sage choisit pour ami un
caractère gai et complaisant. Un philosophe
de vingt ans passe légèrement sur ce con-
seil ; et c'est beaucoup s'il n'en est pas ré-
volté , car il a rejeté les préjugés communs;
mais il en sentira l'importance quand il aura
quitté ceux de la sagesse.

C'est peu de chose de n'être point comme
le vulgaire des hommes ; mais c'est avoir
fait un pas vers la sagesse , que de n'être
plus comme le vulgaire des sages.

LETTRE XXXVI.

Lyon , 7 avril , VI.

. . . .

. . . .

Monts superbes , écroulement des neiges amoncelées , paix solitaire du vallon dans la forêt, feuilles jaunies qu'emporte le ruisseau silencieux ! que seriez-vous à l'homme si vous ne lui parliez point des autres hommes. La nature serait muette , s'ils n'étaient plus. Si je restais seul sur la terre , que me feraient, et les sons de la nuit austère, et le silence solennel des grandes vallées , et la lumière du couchant dans un ciel rempli de mélancolie , sur les eaux calmes. La nature sentie n'est que dans les rapports humains ; et l'éloquence des choses n'est rien que l'éloquence de l'homme. La terre féconde , les cieux immenses, les eaux passagères ne sont qu'une expression des rapports que nos cœurs produisent et contiennent.

Convenance entière : amitié des anciens !
Quand celui qui possédait l'affection sans
bornes, recevait des tablettes où il voyait
les traits de la main d'un ami, lui restait-
il des yeux pour examiner alors les beautés
d'un site, ou les dimensions d'un glacier.
Mais les relations de la vie humaine sont
multipliées ; la perception de ces rapports
est incertaine, inquiète, pleine de froi-
deurs et de dégoûts ; l'amitié antique est
toujours loin de nos cœurs, ou de notre
destinée. Les liaisons restent incomplètes
entre l'espoir et les précautions, entre les
délices que l'on attend et l'amertume qu'on
éprouve. L'intimité elle-même est entravée
par les ennuis, ou affaiblie par le partage,
ou arrêtée par les circonstances. L'homme
vieillit, et son cœur rebuté vieillit avant
lui. Si tout ce qu'il peut aimer est dans
l'homme, tout ce qu'il évite est aussi dans
lui. Là où sont tant de convenances sociales, là et par des conséquences d'une
nécessité invincible, se trouvent aussi
toutes les discordances. Ainsi, celui qui
craint plus qu'il n'espère, reste un peu

éloigné de l'homme. Les choses mortes sont moins puissantes, mais elles sont plus à nous, elles sont ce que nous les faisons. Elles contiennent moins ce que nous cherchons ; mais nous sommes plus assurés d'y trouver, à notre choix, les choses qu'elles contiennent. Ce sont les biens de la médiocrité, bornés mais certains. La passion cherche l'homme ; quelquefois la raison se trouve réduite à le quitter pour des choses moins bonnes et moins funestes. Ainsi s'est formé un lieu puissant de l'homme à cet ami de l'homme pris hors de son espèce, et qui lui convient tant, parce qu'il est moins que nous et qu'il est plus que les choses insensibles. S'il fallait que l'homme prît au hasard un ami, il lui vaudrait mieux le prendre dans l'espèce des chiens que dans celle des hommes. Le dernier de ses semblables lui donnerait moins de consolations et moins de paix que le dernier de ces animaux.

Et quand une famille est dans la solitude, non pas dans celle du désert, mais dans celle de l'isolément ou de la misère :

quand ces êtres faibles, souffrans, qui ont
tant de moyens d'être malheureux, et si
peu d'être satisfaits, qui n'ont que des instans pour jouir et qu'un jour pour vivre;
quand le père et sa femme, quand la mère
et ses filles n'ont point de condescendance,
n'ont point d'union, qu'ils ne veulent pas
aimer les mêmes choses, qu'ils ne savent
pas se soumettre aux mêmes misères, et
soutenir ensemble, à distances égales, la
chaîne des douleurs; quand par égoïsme ou
par humeur, chacun refusant ses forces, la
laisse traîner pesamment sur le sol inégal,
et creuser le long sillon où germent avec
une fécondité sinistre, les ronces qui les
déchirent tous : O hommes ! qu'êtes-vous
donc pour l'homme ?

Quand une attention, une parole de paix,
de bienveillance, de pardon généreux,
sont reçues avec dédain, avec humeur,
avec une indifférence qui glace..... Nature
universelle ! tu l'as fait ainsi pour que la
vertu fût sublime, et que le cœur de
l'homme devînt meilleur encore et plus
résigné sous le poids qui l'écrase.

LETTRE XXXVII.

Lyon , 2 mai , VI.

J'AI des momens où je désespérerais de contenir l'inquiétude qui m'agite : tout m'entraîne alors et m'enlève avec une force immodérée ; et de cette hauteur, je retombe avec épouvante , et je me perds dans l'abîme qu'elle a creusé.

Si j'étais absolument seul , ces momens-là seraient intolérables ; mais j'écris , et il semble que le soin de vous exprimer ce que j'éprouve soit une distraction qui en adoucisse le sentiment. A qui m'ouvrirais-je ainsi ? quel autre supporterait le fatigant bavardage d'une manie sombre , d'une sensibilité si vaine ? C'est mon seul plaisir de vous conter ce que je ne puis dire qu'à vous, ce que je ne voudrais dire à nul autre , ce que d'autres ne voudraient pas entendre. Que m'importe le contenu de

16 *

mes lettres ? plus elles sont longues et plus j'y mets de tems , plus elles valent pour moi : et si je ne me trompe , l'épaisseur du paquet ne vous a jamais rebuté. On parlerait ensemble pendant dix heures, pourquoi ne s'écrirait-on pas pendant deux?

Je ne veux point vous faire un reproche. Vous êtes moins long , moins diffus que moi. Vos affaires vous fatiguent, vous écrivez avec moins de plaisir même à ceux que vous aimez. Vous me dites ce que vous avez à me dire dans l'intimité : mais moi solitaire , moi rêveur au moins bizarre , je n'ai rien à dire , et j'en suis d'autant plus long. Tout ce qui me passe par la tête , tout ce que je dirais en jasant , je l'écris si l'occasion se présente : mais tout ce que je pense , tout ce que je sens , je vous l'écris nécessairement ; c'est un besoin pour moi. Quand je cesserai , dites que je ne sens plus rien , que mon ame s'éteint , que je suis devenu tranquille et raisonnable , que je passe enfin mes jours à manger, dormir, jouer aux cartes. Je serais plus heureux !

Je voudrais avoir un métier ; il animerait

mes bras , et endormirait ma tête. Un talent ne vaudrait pas cela : cependant si je savais peindre , je crois que je serais moins inquiet. J'ai été long-tems dans la stupeur ; je regrette de m'être éveillé. J'étais dans un abattement plus tranquille que l'abattement actuel.

De tous les momens rapides et incertains où j'ai cru dans ma simplicité qu'on était sur la terre pour y vivre , aucun ne s'est embelli d'une erreur aussi durable , aucun ne m'a laissé de si profonds souvenirs que ces vingt jours d'oubli et d'espérance , où vers l'équinoxe de Mars , devant les rochers , près du torrent , entre la jacinthe heureuse et la simple violette , j'allai m'imaginer qu'il me serait donné d'aimer.

Je touchai ce que je ne devais jamais saisir. Sans goûts , sans espérance , j'aurais pu végéter ennuyé mais tranquille : je pressentais l'énergie humaine , mais dans ma vie ténébreuse , je supportais mon sommeil. Quelle force sinistre m'a ouvert le monde pour m'ôter les consolations du néant ?

Entraîné dans une activité expansive ; avide de tout aimer, de tout soutenir, de tout consoler ; toujours combattu entre le besoin de voir changer tant de choses funestes, et cette conviction qu'elles ne seront point changées ; je reste fatigué des maux de la vie, et plus indigné de la perfide séduction de ses plaisirs, l'œil toujours arrêté sur l'immense amas des haines, des iniquités, des opprobres et des misères de la terre égarée.

Et moi ! voici ma vingt-septième année : les beaux jours sont passés, je ne les ai pas même vus. Malheureux dans l'âge du bonheur, qu'attendrai-je des autres âges ? J'ai passé dans le vide et les ennuis la saison heureuse de la confiance et de l'espoir. Partout comprimé, souffrant, le cœur vide et navré, j'ai atteint, jeune encore, les regrets de la vieillesse. Dans l'habitude de voir toutes les fleurs de la vie se flétrir sous mes pas stériles, je suis comme ces vieillards que tout a fui : mais plus malheureux qu'eux, j'ai tout perdu long-tems avant de finir moi-même. Avec une ame avide, je ne puis reposer dans ce silence de mort.

Souvenir des ans dès long-tems passés, des choses à jamais effacées, des lieux qu'on ne reverra pas, des hommes qui ont changé ! Sentiment de la vie perdue !

Quels lieux furent jamais pour moi ce qu'ils sont pour les autres hommes ? quels tems furent tolérables, et sous quel ciel ai-je trouvé le repos du cœur ? J'ai vu le remuement des villes, et le vide des campagnes, et l'austérité des monts ; j'ai vu la grossièreté de l'ignorance, et le tourment des arts ; j'ai vu les vertus inutiles, les succès indifférens et tous les biens perdus dans tous les maux; l'homme et le sort, toujours inégaux, se trompant sans cesse, et dans la lutte effrénée de toutes les passions, l'odieux vainqueur recevoir pour prix de son triomphe le plus pesant chaînon des maux qu'il a su faire.

Si l'homme était conformé pour le malheur, je le plaindrais bien moins ; et considérant sa durée passagère, je mépriserais pour lui comme pour moi le tourment d'un jour. Mais tous les biens l'environnent, mais toutes ses facultés lui commandent de

jouir, mais tout lui dit, sois heureux :
et l'homme a dit, le bonheur sera pour la
brute ; l'art, la science, la gloire, la grandeur seront pour moi. Sa mortalité, ses
douleurs, ses crimes eux-mêmes ne sont
que la plus faible moitié de sa misère. Je
déplore ses pertes ; l'indifférence, l'union,
la possession tranquille. Je déplore cent
années que mille millions d'êtres sensibles
épuisent dans les sollicitudes et la contrainte,
au milieu de ce qui ferait la sécurité, la
liberté, la joie ; et vivant d'amertume sur
une terre voluptueuse, parce qu'ils ont
voulu des biens imaginaires, et des biens
exclusifs.

Cependant tout cela est peu de chose ;
car je ne le voyais point il y a un demi-
siècle, et dans un demi-siècle je ne le
verrai point.

Je me disais : s'il n'appartient pas à ma
destinée inféconde de ramener à des mœurs
primordiales une contrée circonscrite et
isolée : si je dois m'efforcer d'oublier le
monde, et me croire assez heureux d'obtenir pour moi des jours tolérables sur cette

terre séduite ; je ne demande alors qu'un
bien, qu'une ombre dans ce songe vain
dont je ne veux plus m'éveiller. Il reste
sur la terre telle qu'elle est, une illusion qui peut encore m'abuser : elle est la
seule ; j'aurais la sagesse d'en être trompé ;
le reste n'en vaut pas l'effort. Voilà ce que
je me disais alors : mais le hasard seul pouvait m'en permettre l'inestimable erreur.
Le hasard est lent et incertain ; la vie rapide, irrévocable : son printems passe ; et
ce besoin trompé, en achevant de perdre
ma vie, doit enfin aliéner mon cœur et
altérer ma nature. Quelquefois déjà je sens
que je m'aigris ; je m'indigne, mes affections se resserrent ; l'impatience rendra
ma volonté farouche ; et une sorte de mépris me porte à des desseins grands mais
austères. Cependant cette amertume ne
dure point dans toute sa force ; et je m'abandonne ensuite, comme si je sentais que les
hommes distraits, et les choses incertaines,
et ma vie si courte ne méritent pas l'inquiétude d'un jour, et qu'un réveil sévère est
inutile quand on doit sitôt s'endormir pour
jamais.

LETTRE XXXVIII.

Lyon, 8 mai, VI.

J'ai été jusqu'à Blammont, chez le chirurgien qui a remis si adroitement le bras de cet officier tombé de cheval en revenant de Chessel.

Vous n'avez pas oublié comment, lorsque nous entrâmes chez lui, à cette occasion, il y a plus de douze ans, il se hâta d'aller cueillir dans son jardin les plus beaux abricots ; et comment, en revenant les mains pleines, ce vieillard, déjà infirme, heurta du pied le pas de la porte, ce qui fit tomber à terre presque tout le fruit qu'il tenait. Sa fille lui dit brusquement : voilà comme vous faites toujours ; vous voulez vous mêler de tout, et c'est pour tout gâter ; ne pouvez-vous pas rester sur votre chaise ? c'est bien présentable à présent. Nous avions le cœur navré ; car il souffrait et ne répondait rien. Le malheureux ! il est plus malheureux encore. Il est paralytique ; il est couché dans un véritable lit de douleurs , il n'a auprès de lui que cette misérable qui est sa fille. Depuis plusieurs mois il ne parle plus , mais le bras droit n'est pas encore attaqué, il s'en sert pour faire des signes. Il en fit que j'eus le chagrin de ne pouvoir expliquer : il voulait dire à sa fille de m'offrir quelque chose. Elle ne l'entendit pas , et cela arrive très-souvent. Lorsqu'il lui survint quelques affaires au-dehors, j'en profitai pour que son malheureux père sût du moins que ses maux étaient sentis , car il a encore une oreille assez bonne. Il me fit comprendre que cette fille , regardant sa fin comme très-prochaine , se refusait à tout ce qui pourrait diminuer de quelques sous l'héritage assez considérable qu'il lui laisse : mais que quoiqu'il en eût eu bien des chagrins , il lui pardonnait tout , afin de ne pas cesser d'aimer, à son dernier moment , le seul être qui lui restât à aimer. Un vieillard voir ainsi expirer sa vie ! un père

finir avec tant d'amertume dans sa propre
maison ! Et nos lois ne peuvent rien !

Il faut qu'un tel abîme de misères touche
aux perceptions de l'immortalité. S'il était
possible que dans un âge de raison, j'eusse
manqué essentiellement à mon père, je
serais malheureux toute la vie, parce qu'il
n'est plus, et que ma faute serait aussi irréparable que monstrueuse. On pourrait dire,
il est vrai, qu'un mal fait à celui qui ne le
sent plus, qui n'existe plus, est actuelle-
ment chimérique en quelque sorte et indifférent, comme le sont les choses tout-à-
fait passées. Je ne saurais le nier; et cependant j'en serais inconsolable. La raison de
ce sentiment est bien difficile à trouver;
car s'il n'était autre que le sentiment d'une
chute avilissante dont on a perdu l'occasion
de se relever avec une noblesse qui puisse
consoler intérieurement, on trouverait ce
même dédommagement dans la vérité de
l'intention. Lorsqu'il ne s'agit que de notre
propre estime, le desir d'une chose louable
doit nous satisfaire comme son exécution.
Celle-ci ne diffère du desir que par ses

suites, et il n'en peut être aucune pour l'offensé qui ne vit plus. L'on voit pourtant le sentiment de cette injustice dont les effets ne subsistent plus, nous accabler encore, nous avilir, nous déchirer comme si elle devait avoir des résultats éternels. On dirait que l'offensé n'est qu'absent, et que nous devons retrouver les rapports que nous avions avec lui, mais dans un état de permanence que ne permettra plus de rien changer, de rien réparer, et où le mal sera perpétuel malgré nos remords.

L'esprit humain trouve toujours à se perdre dans cette liaison des choses effectuées avec leurs conséquences inconnues. Il pourrait imaginer que ces conceptions d'un ordre futur et d'une suite sans borne aux choses presentes, n'ont d'autres fondemens que la possibilité de leurs suppositions, et qu'elles doivent être comptées parmi les moyens qui retiennent l'homme dans la diversité, dans les oppositions et dans la perpétuelle incertitude, où le plonge la perception incomplète des propriétés et de l'enchaînément des choses.

Puisque ma lettre n'est pas fermée, il faut que je vous cite Montaigne. Je viens de rencontrer par hasard un passage si analogue à l'idée dont j'étais occupé, que j'en ai été frappé et satisfait. Il y a dans cette conformité des pensées, un principe de joie secrète : c'est elle qui rend l'homme nécessaire à l'homme, parce qu'elle rend nos idées fécondes, parce qu'elle donne de l'assurance à notre imagination et confirme en nous l'opinion de ce que nous sommes.

On ne trouve point dans Montaigne ce que l'on cherche, on rencontre ce qui s'y trouve. Il faut l'ouvrir au hasard et c'est rendre une sorte d'hommage à sa manière. Elle est très-indépendante sans être burlesque, ou affectée ; et je ne suis pas surpris qu'un anglais ait mis les *Essais* au-dessus de tout. On a reproché à Montaigne deux choses qui le font admirable, et dont je n'ai nul besoin de le disculper entre nous.

C'est au chapitre huitième du livre second qu'il dit : Comme je scay, par une trop certaine expérience, il n'est aucune si douce consolation en la perte de nos amis, que celle que nous apporte la science de n'avoir rien oublié à leur dire, et d'avoir eu avec eux une pafaite et entière communication.

Cette entière communication avec l'être moral semblable à nous et mis auprès de nous dans des rapports respectés, semble une partie essentielle du rôle qui nous est départi pour l'emploi de notre durée. Nous sommes mécontens de nous quand l'acte étant fini, nous avons perdu sans retour le mérite de l'exécution dans la scène qui nous était confiée.

Ceci prouve, me direz-vous peut-être, que nous pressentons une autre durée. Je vous l'accorde; et nous conviendrons aussi que le chien, qui ne veut plus alimenter sa vie parce que son maître a perdu la sienne, et qui s'élance dans le bûcher embrasé où l'on consume son corps, veut mourir avec lui, parce qu'il croit fermement le dogme de l'immortalité, et qu'il a la certitude consolante de le rejoindre dans un autre monde.

Je n'aime pas à rire de ce qu'on veut mettre à la place du désespoir, et cependant j'allais plaisanter si je ne m'étais retenu. La confiance dont l'homme se nourrit dans les opinions qu'il aime, et où il ne peut rien voir, est respectable, puisqu'elle diminue quelquefois l'amertume de ses misères; mais il y a quelque chose de comique dans cette inviolabilité religieuse dont il prétend l'environner. Il n'appellerait pas sacrilége celui qui assurerait qu'un fils peut sans crime égorger son père ; il le conduirait à la maison des fous, et ne se fâcherait pas : mais il devient furieux si on ose lui dire que peut être il mourra comme un chêne ou un renard, tant il a peur de le croire. Ne saurait - il s'apercevoir qu'il prouve sa propre incertitude. Sa foi est aussi fausse que celle de certains dévots qui crieraient à l'impiété si l'on doutait qu'un poulet mangé, le vendredi, pût nous plonger dans l'enfer, et qui pourtant en mangent en secret ; tant il y a de proportion entre la terreur d'un supplice éternel, et le plaisir de manger deux bouchées de viande sans attendre le dimanche.

Que ne prend-on le parti de laisser à la

libre fantaisie de chacun les choses dont on peut rire, et même les espérances que tous ne peuvent également recevoir. La morale gagnerait beaucoup à abandonner la force d'un fanatisme éphémère, pour s'appuyer avec majesté sur l'inviolable évidence. Si vous voulez des principes qui parlent au cœur, rappelez ceux qui sont dans le cœur de tout homme bien organisé.

Dites : sur une terre de plaisirs, et de tristesse ; la destination de l'homme est d'accroître le sentiment de la joie, de féconder l'énergie expansive ; et de combattre, dans tout ce qui sent, le principe de l'avilissement et des douleurs. . . . .

. . . .

TROISIÈME FRAGMENT.

De l'expression romantique, et du RANZ DES VACHES.

. . . . Le romanesque séduit les imagi-
nations vives et fleuries ; le romantique
suffit seul aux ames profondes, à la véritable sensibilité. La nature est pleine d'effets
romantiques dans les pays simples : une
longue culture les détruit dans les terres
vieillies, sur-tout dans les plaines dont
l'homme s'assujettit facilement toutes les
parties.

Les effets romantiques sont les accens
d'une langue primitive que les hommes ne
connaissent pas tous, et qui devient étrangère à plusieurs contrées. On cesse bientôt
de les entendre, quand on ne vit plus avec
eux ; et cependant cette harmonie romantique est la seule qui conserve à nos cœurs
les couleurs de la jeunesse et la fraîcheur de

la vie. L'homme de la société ne sent plus
ces effets trop éloignés de ses habitudes : il
finit par dire, Que m'importe? Il est comme
ces tempéramens fatigués du feu desséchant
d'un poison lent et habituel; il se trouve
vieilli dans l'âge de la force, et les ressorts
de la vie sont relâchés en lui, quoiqu'il
garde l'extérieur d'un homme.

Mais vous, que le vulgaire croit semblables à lui, parce que vous vivez avec
simplicité, parce que vous avez du génie
sans avoir les prétentions de l'esprit, ou
simplement parce qu'il vous voit vivre,
et que, comme lui, vous mangez et vous
dormez; hommes primitifs, jetez çà et là
dans le siècle vain, pour conserver la trace
des choses naturelles, vous vous reconnaissez, vous vous entendez dans une
langue que la foule ne sait point, quand
le soleil d'octobre paraît dans les brouillards sur les bois jaunis; quand un filet
d'eau coule et tombe dans un pré fermé
d'arbres, au coucher de la lune; quand
sous le ciel d'été, dans un jour sans nuages,
une voix de femme chante à quatre heures,

un peu au loin, au milieu des murs et des toits d'une grande ville.

Imaginez une plaine d'une eau limpide et blanche. Elle est vaste, mais circonscrite; sa forme oblongue et un peu circulaire, se prolonge vers le couchant d'hiver. Des sommets élevés, des chaînes majestueuses la ferment de trois côtés. Vous êtes assis sur la pente de la montagne, au-dessus de la grève du nord, que les flots quittent et recouvrent. Des rochers perpendiculaires sont derrière vous; ils montent jusqu'à la région des nues : le triste vent du pôle n'a jamais soufflé sur cette rive heureuse. A votre gauche, les montagnes s'ouvrent, une vallée tranquille s'étend dans leurs profondeurs, un torrent descend des cîmes neigeuses qui la ferment : et quand le soleil du matin paraît entre leurs dents glacées, sur les brouillards, quand des voix de la montagne indiquent les chalets, au-dessus des prés encore dans l'ombre; c'est le réveil d'une terre primitive, c'est un monument de nos destinées méconnues !

Voici les premiers momens nocturnes;

l'heure du repos et de la tristesse sublime. La vallée est fumeuse, elle commence à s'obscurcir. Vers le midi, le lac est dans la nuit : les immenses rochers qui le ferment, sont une zône ténébreuse sous le dôme glacé qui les surmonte, et qui semble retenir dans ses frimats la lumière du jour. Ses derniers feux jaunissent les nombreux châtaigniers sur les rocs sauvages ; ils passent en longs traits sous les hautes flèches du sapin alpestre ; ils brunissent les monts ; ils allument les neiges ; ils embrasent les airs ; et l'eau sans vagues, brillante de lumière et confondue avec les cieux, est devenue infinie comme eux, et plus pure encore, plus éthérée, plus belle. Son calme étonne, sa limpidité trompe, la splendeur aérienne qu'elle répète semble creuser ses profondeurs ; et sous ses monts séparés du globe et comme suspendus dans les airs, vous trouvez à vos pieds le vide des cieux et l'immensité du monde. Il y a là un tems de prestige et d'oubli. L'on ne sait plus où est le ciel, où sont les monts, ni sur quoi l'on est porté soi-même ; on ne

trouve plus de niveau, il n'y a plus d'horizon ; les idées sont changées, les sensations inconnues, vous êtes sortis de la vie
commune. Et lorsque l'ombre a couvert
cette vallée d'eau ; lorsque l'œil ne discerne
plus ni les objets, ni les distances ; lorsque
le vent du soir a soulevé les ondes : alors,
vers le couchant, l'extrémité du lac reste
seule éclairée d'une pâle lueur, mais tout
ce que les monts entourent n'est qu'un
gouffre indiscernable ; et au milieu des
ténèbres et du silence, vous entendez à
mille pieds sous vous, s'agiter ces vagues
toujours répétées, qui passent et ne cessent
point, qui frémissent sur la grève à inter-
valles égaux, qui s'engouffrent dans les
roches, qui se brisent sur la rive, et dont
les bruits romantiques semblent résonner
d'un long murmure dans l'abîme invisible.

C'est dans les sons que la nature a placé
la plus forte expression du caractère romantique : et c'est sur-tout au sens de l'ouïe
que l'on peut rendre sensibles, en peu de
traits et d'une manière énergique, les lieux
et les choses extraordinaires. Les odeurs

occasionnent des perceptions rapides et immenses, mais vagues : celles de la vue semblent intéresser davantage l'esprit que le
cœur : on admire ce qu'on voit, mais on
sent ce qu'on entend *. La voix d'une femme
aimée sera plus belle encore que ses traits :
les sons que rendent des lieux sublimes feront une impression plus profonde et plus
durable que leurs formes. Je n'ai point vu
de tableau des Alpes qui me les rendît présentes, comme le peut faire un air vraiment
alpestre.

Le *Ranz des vaches* ne rappelle pas seulement des souvenirs, il peint. Je sais que
Rousseau a dit le contraire, mais je crois
qu'il s'est trompé. Cet effet n'est point imaginaire : il est arrivé que deux personnes par-
courant séparément les planches de *tableaux
pittoresques de la Suisse*, on dit toutes deux
à la vue du Grimsel : voilà où il faut entendre le ranz des vaches. S'il est exprimé
d'une manière plus juste que savante, si

---

* Le clavecin des couleurs était ingénieux ; celui
des odeurs eût intéressé davantage.

celui qui le joue le sent bien ; les premiers
sons vous placent dans les hautes vallées,
près des rocs nus et d'un gris roussâtre, sous
le ciel froid, sous le soleil ardent. On est
sur la croupe des sommets arrondis et couverts de pâturages. On se pénètre de la lenteur des choses, et de la grandeur des lieux :
on y trouve la marche tranquille des vaches, et le mouvement mesuré de leurs
grosses cloches, près des nuages, dans l'é-
tendue doucement inclinée depuis la crête
des granits inébranlables jusqu'aux granits
ruinés des ravins neigeux. Les vents frémissent d'une manière austère dans les mélèses éloignés : on discerne le roulement du
torrent caché dans les précipices qu'il s'est
creusé durant de longs siècles. A ces bruits
solitaires dans l'espace, succèdent les accens
hâtés et pesans des Küheren *, expression

---

* *Küher* en allemand, *Armailli* en *roman*, homme
qui conduit les vaches aux montagnes, qui passe la
saison entière dans les pâturages élevés, et y fait des
fromages. En général, les Armaillis restent ainsi
quatre et cinq mois dans les Hautes=Alpes, entiè-

nomade d'un plaisir sans gaîté, d'une joie des montagnes. Les chants cessent; l'homme s'éloigne ; les cloches ont passé les mélèses: on n'entend plus que le choc des cailloux roulans , et la chute interrompue des marbres que le torrent pousse vers les vallées. Le vent apporte ou recule ces sons alpestres; et quand il les perd, tout paraît froid, immobile et mort. C'est le domaine de l'homme qui n'a pas d'empressement : il sort du toit, bas et large , que de lourdes pierres assurent contre les tempêtes : si le soleil est brûlant, si le vent est fort, si le tonnerre roule sous ses pieds, il ne le sait pas. Il marche du côté où les vaches doivent être, elles y sont; il les appelle, elles se rassemblent, elles s'approchent successivement; et il retourne avec la même lenteur, chargé de ce lait destiné aux plaines qu'il ne connaîtra pas. Les vaches s'arrêtent, elles ruminent; il n'y a plus de mouvement visible, il n'y a plus d'hommes. L'air est froid, le

___

rement séparés des femmes, et souvent mêmes des autres hommes.

vent a cessé avec la lumière du soir; il ne reste que la lueur des neiges antiques, et la chute des eaux dont le bruissement sauvage, en s'élevant des abîmes, semble ajouter à la permanence silencieuse des hautes cimes, et des glaciers, et de la nuit.

LETTRE XXXIX.

Lyon , 11 mai , VI.

CE que peut avoir de séduisant la multitude de rapports qui lient chaque individu
à ceux de son espèce et à l'univers ; cette
attente expansive que donne à un cœur
jeune tout un monde à expérimenter ; ce
dehors inconnu et fantastique, ce prestige
est décoloré, fugitif, évanoui. Ce monde
terrestre offert à l'action de mon être est
devenu aride et nu : j'y cherchais la vie de
l'ame, il ne la contient pas.

J'ai vu la vallée doucement éclairée dans
l'ombre, sous le voile humide, charme va-
poreux du matin ; elle était belle. Je l'ai vue
changer et se flétrir : l'astre qui consume a
passé sur elle ; il l'a embrasée, il l'a fatiguée
de lumière ; il l'a laissée sèche, vieillie et
d'une stérilité pénible à voir. Ainsi s'est levé
lentement, ainsi s'est dissipé le voile heu-

reux de nos jours. Il n'y a plus de ces demi-
ténèbres, de ces espaces cachés qui plaisent
tant à pénétrer. Il n'y a plus de clartés dou-
teuses où se puissent reposer mes yeux.
Tout est aride et fatigant, comme le sable
qui brûle sous le ciel de Zaara : et toutes
les choses de la vie dépouillées de ce revêtement, présentent, dans une vérité rebu-
tante, le savant et triste mécanisme de leur
squelette découvert. Leurs mouvemens
continus, nécessaires, irrésistibles m'entraînent sans m'intéresser, et m'agitent sans
me faire vivre.

Voilà plusieurs années que le mal menace, se prépare, se décide, se fixe. Si le
malheur du moins ne vient rompre cet
uniforme ennui, il faudra que tout cela
finisse.

LETTRE XL.

Lyon , 14 mai , VI.

J'ÉTAIS près de la Saône, derrière le long mur où nous marchions autrefois ensemble, lorsque nous parlions de Tinian au sortir de l'enfance, que nous aspirions au bonheur, que nous avions l'intention de vivre. Je considérais cette rivière qui coulait de même qu'alors ; et ce ciel d'automne aussi tranquille, aussi beau que dans ces tems-là dont il ne subsiste plus rien. Une voiture venait : je me retirai insensiblement ; et je continuai à marcher les yeux occupés des feuilles jaunies que le vent promenait sur l'herbe sèche, et dans la poussière du chemin. La voiture s'arrêta, M.me Del** était seule avec sa fille, âgée de six ans. Je montai et j'allai jusqu'à sa campagne, où je ne voulus pas entrer. Vous savez que M.me Del** n'a pas vingt-cinq ans, et qu'elle est bien changée : mais elle parle avec la même grace simple et parfaite ; ses yeux ont une expression plus douloureuse et non moins belle. Nous n'avons rien dit de son mari : vous vous rappelez qu'il n'a guères que trente ans de plus qu'elle, et que c'est une sorte de financier fort instruit quand il s'agit de l'or, mais nul dans tout le reste. Femme infortunée ! Voilà une vie perdue : et le sort semblait la lui promettre si heureuse ! Que lui manquait-il pour mériter le bonheur, et pour faire le bonheur d'un autre ! Quel esprit ! quelle ame ! quelle pureté d'intentions ! Tout cela est inutile. Il y a bientôt cinq ans que je ne l'avais vue. Elle renvoyait sa voiture à la ville : je me fis descendre auprès de l'endroit où elle m'avait rencontré ; j'y restai fort tard.

Comme j'allais rentrer, un homme âgé, faible, et qui paraissait abattu par la misère, s'approcha de moi en me regardant beaucoup : il me nomma, et me demanda quelques secours. Je ne sus pas le reconnaître pour le moment ; mais ensuite je fus accablé en me rappellant que ce ne pouvait être

que ce professeur de *troisième* , si laborieux et si bon. Je me suis informé ce matin : mais je ne sais si je pourrai découvrir
le triste grenier où sans doute il passe ses
derniers jours. L'infortuné aura cru que je
ne voulais pas le reconnaître. Si je le trouve,
il faut qu'il ait une chambre et quelques
livres qui lui rendent ses habitudes ; car il
me semble qu'il y voit encore bien. Je ne
sais ce que je dois lui promettre de votre
part, marquez-le moi : comme il ne s'agit
pas d'un moment, mais du reste de sa vie ,
je ne ferai rien sans avoir vos intentions.

J'avais passé plus d'une heure je crois, à
hésiter de quel côté j'irais pour marcher un
peu. Quoique cet endroit fût plus loin de
ma demeure , j'y fus comme entraîné :
apparemment c'était par le besoin d'une
tristesse qui pût convenir à celle dont
j'étais déjà rempli.

J'aurais volontiers affirmé que je ne la
reverrais jamais. C'était une chose comme
résolue , et cependant..... Son idée, quoiqu'affaiblie par le découragement, par le
tems, par l'affaiblissement même de ma

confiance à un genre d'affections trop trom-
pées et trop inutiles, son idée se trouvait
comme liée aux sentimens de mon existence et de ma durée au milieu des choses.
Je la voyais en moi, mais comme le souvenir ineffaçable d'un songe passé, comme
ces idées de bonheur dont on garde l'empreinte, et qui ne sont plus de mon âge.

Car je suis un homme fait : les dégoûts
m'ont mûri : grace à ma destinée, je n'ai
d'autre maître que ce peu de raison qu'on
reçoit d'en haut, sans savoir pourquoi. Je
ne suis point sous le joug des passions; les
desirs ne m'égarent point; la volupté ne me
corrompra pas. J'ai laissé là toutes ces fu-
tilités des ames fortes : je n'aurai point le
ridicule de jouir des choses romanesques
dont on doit revenir, ni d'être dupe d'un
beau sentiment. Je me sens en état de voir
avec indifférence un site heureux, un beau
ciel, une action vertueuse, une scène tou-
chante; et si j'y mettais assez d'importance,
je pourrais, comme l'homme du meilleur
ton, bâiller toujours en souriant toujours ,
m'amuser consumé de chagrins, et mourir

d'ennui avec beaucoup de calme et de dignité.

Dans le premier moment, j'ai été supris de *la* voir, et maintenant je le suis encore, parce que je ne vois pas à quoi cela peut mener. Mais quelle nécessité y a-t-il que cela mène à quelque chose ? que d'incidens isolés dans le cours du monde, ou qui n'ont pas de résultats que nous puissions connaître ! Je ne parviens pas à me défaire de cette sorte d'instinct qui cherche une suite et des conséquences à chaque chose, sur-tout à celles que le hasard amène. Je veux toujours y voir, et l'effet d'une intention, et un moyen de la nécessité. Je m'amuse de ce singulier penchant : il nous a fourni plus d'une occasion de rire ensemble ; et, dans ce moment-ci, je ne le trouve point du tout incommode.

Il est certain que si j'avais su la rencontrer, je n'aurais pas été de ce côté : je crois pourtant que j'aurais eu tort. Un rêveur doit tout voir ; et un rêveur n'a malheureusement pas grand chose à craindre. Faudrait-il d'ailleurs éviter tout ce qui tient à

la vie de l'ame , et tout ce qui l'avertit de
ses pertes ? le pourrait-on ? Une odeur,
un son , un trait de lumière me diront de
même qu'il y a autre chose dans la nature
humaine que digérer et m'assoupir. Un
mouvement de joie dans le cœur du malheureux , ou le soupir de celui qui jouit ,
tout m'avertira de cette mystérieuse combinaison dont l'intelligence entretient et
change sans cesse la suite infinie , et dont
les corps ne sont que les matériaux qu'une
idée éternelle arrange comme les figures
d'une chose invisible, qu'elle roule comme
des dés , qu'elle calcule comme des nombres.

Revenu sur le bord de la Saône, je me
disais après l'avoir quittée : l'œil est in-
compréhensible ! Non-seulement il reçoit
pour ainsi dire l'infini , mais il semble le
reproduire. Il voit tout un monde ; et ce
qu'il rend , ce qu'il peut , ce qu'il exprime
est plus vaste encore. Une grâce qui entraîne tout , une éloquence douce et profonde , une expression plus étendue que
les choses exprimées , l'harmonie qui fait

le lien universel , tout cela est dans l'œil
d'une femme. Tout cela , et plus encore ,
est dans la voix illimitée de celle qui sent.
Lorsqu'elle parle , elle tire de l'oubli les
affections et les idées , elle éveille l'ame
de sa léthargie , elle l'entraîne et la conduit dans tout le domaine de sa vie morale.
Lorsqu'elle chante , il semble qu'elle agite
les choses , qu'elle les déplace , qu'elle les
forme , et qu'elle crée des sentimens nouveaux. La vie naturelle n'est plus la vie
ordinaire : tout est romantique , animé ,
enivrant. Là , assise en repos , ou occupée
d'autre chose , elle nous emporte , elle nous
précipite avec elle dans le monde immense;
et notre vie s'agrandit de ce mouvement
sublime et calme. Combien , alors , paraissent froids ces hommes qui se remuent
tant pour de si petites choses ; dans quel
néant ils nous retiennent , et qu'il est fatigant de vivre parmi des êtres turbulens
et muets !

Mais quand tous les efforts , tous les
talens , tous les succès , et tous les dons
du hasard ont formé un visage admirable,

un corps parfait, une manière fine, une
ame grande, un cœur délicat, un esprit
étendu ; il ne faut qu'un jour pour que
l'ennui et le découragement commencent à
tout anéantir dans le vide d'un cloître,
dans les dégoûts d'un mariage trompeur,
dans la nullité d'une vie fastidieuse.

Je veux continuer à la voir. Elle n'attend
plus rien ; nous serons bien ensemble. Elle
ne sera pas surprise que je sois consumé
d'ennui, et je n'ai point à craindre d'ajouter
au sien. Notre situation est fixe, et tellement, que je ne changerai pas la mienne
en allant chez elle dès qu'elle aura quitté
la campagne.

Je me figure déjà avec quelle grâce riante
et fatiguée, elle reçoit une société qui l'ex-
cède ; et avec quelle impatience elle attend
le lendemain des jours de plaisir.

Je vois tous les jours à-peu-près les
mêmes ennuis. Les concerts, les soirs, tous
ces passe-tems sont le travail des prétendus
heureux : il leur est à charge, comme celui
de la vigne l'est à l'homme de journée ; et
davantage, car il ne porte pas avec lui sa
consolation, il ne produit rien.

LETTRE XLI.

Lyon , 18 mai , VI.

L'on dirait que le sort s'attache à ramener l'homme sous la chaîne qu'il a voulu secouer malgré le sort. Que m'a-t-il servi de tout quitter pour chercher une vie plus libre ? Si j'ai vu des choses selon ma nature, ce ne fut qu'en passant, sans en jouir, et comme pour redoubler en moi l'impatience de les posséder.

Je ne suis point l'esclave des passions, je suis plus malheureux, leur vanité ne me trompera point ; mais enfin ne faut-il pas que la vie soit remplie par quelque chose ? Quand l'existence est vide, peut-elle satisfaire ? Si la vie du cœur n'est qu'un néant agité, ne vaut-il pas mieux la laisser pour un néant plus tranquille ? Il me semble que l'intelligence cherche un résultat : je voudrais que l'on me dît quel est celui

de ma vie. Je veux quelque chose qui voile
et entraîne mes heures ; car je ne saurais
toujours les sentir rouler si pesamment sur
moi, seules et lentes, sans desirs, sans illusions, sans but. Si je ne puis connaître de
la vie que ses misères, est-ce un bien de
l'avoir reçu ? est-ce une sagesse de la conserver ?

Vous ne pensez pas que trop faible contre les maux de l'humanité, je n'ose même
en soutenir la crainte : vous me connaissez
mieux. Ce n'est point dans le malheur que
je songerais à rejeter la vie : la résistance
éveille l'ame et lui donne une attitude plus
fière ; l'on se retrouve enfin, quand il faut
lutter contre de grandes douleurs ; on peut
se plaire dans son énergie, on a du moins
quelque chose à faire. Mais ce sont les embarras, les ennuis, les contraintes, l'in-
sipidité de la vie qui me fatiguent et me
rebutent. L'homme passionné peut se résoudre à souffrir, puisqu'il prétend jouir
un jour ; mais quelle considération peut
soutenir l'homme qui n'attend rien. Je suis
las de mener une vie si vaine. Il est vrai

que je pourrais prendre patience encore ;
mais ma vie passe sans que je fasse rien
d'utile , et sans que je jouisse , sans espoir,
comme sans paix. Pensez-vous qu'avec une
ame indomptable , tout cela puisse durer
de longues années ?

Je croirais qu'il y a aussi une raison des
choses physiques ; et que la nécessité elle-
même a une marche suivie , une sorte de
fin que l'intelligence peut pressentir. Je
me demande quelquefois où me conduira
cette contrainte qui m'enchaîne à l'ennui ,
cette apathie d'où je ne puis jamais sortir ;
cet ordre de choses nul et insipide dont je
ne saurais me débarrasser , où tout manque , diffère , s'éloigne ; où toute probabi-
lité s'évanouit ; où l'effort est détourné ;
où tout changement avorte ; où l'attente
est toujours trompée , même celle d'un
malheur du moins énergique; où l'on dirait
qu'une volonté ennemie s'attache à me retenir dans un état de suspension et d'entraves , à me leurrer par des choses vagues
et des espérances évasives, afin de consumer
ma durée entière sans qu'elle ait rien at-

teint, rien produit, rien possédé. Je revois
le triste souvenir des longues années perdues. J'observe comment cet avenir qui
séduit toujours, change et s'amoindrit en
s'approchant. Frappé d'un souffle de mort
à la lueur funèbre du présent, il se déco-
lore dès l'instant où l'on veut jouir ; et
laissant derrière lui les séductions qui le
masquaient et le prestige déjà vieilli, il
passe seul, abandonné, traînant avec pe-
santeur son spectre épuisé et hideux, comme
s'il insultait à la fatigue que donne le glis-
sement sinistre de sa chaîne éternelle.
lorsque je pressens cet espace désenchanté
où vont se traîner les restes de ma jeunesse et de ma vie ; et que ma pensée cherche à suivre d'avance la pente uniforme où
tout coule et se perd ; que trouvez-vous
que je puisse attendre à son terme, et qui
pourrait me cacher l'abîme où tout cela va
finir ? Ne faudra-t-il pas bien que, las et
rebuté, quand je suis assuré de ne pouvoir rien, je cherche au moins du repos ?
Et quand une force inévitable pèse sur
moi sans relâche, comment reposerai-je,

si ce n'est en me précipitant moi-même?

Il faut que toute chose ait une fin selon sa nature. Puisque ma vie relative est retranchée du cours du monde, pourquoi végéter long-tems encore inutile au monde et fatigant à moi-même? Pour le vain instinct d'exister! Pour respirer et avancer en âge! Pour m'éveiller amèrement quand tout repose, et chercher les ténèbres quand la terre fleurit : pour n'avoir que le besoin des desirs, et ne connaître que le songe de l'existence : pour rester déplacé, isolé sur la scène des afflictions humaines, quand nul n'est heureux par moi, quand je n'ai que l'idée du rôle d'un homme : pour tenir à une vie perdue, lâche esclave que la vie repousse et qui s'attache à son ombre, avide de l'existence, comme si l'existence réelle lui était laissée, et voulant être misérablement faute d'oser n'être plus!

Que me feront tous ces sophismes d'une philosophie douce et flatteuse, vain déguisement d'un instinct pusillanime, vaine sagesse des patiens qui perpétue les maux si

bien supportés, et qui légitime notre servitude par une nécessité imaginaire.

Attendez, me dira-t-on, le mal moral
s'épuise par sa durée même : attendez ; les
tems changeront, et vous serez satisfait ;
ou s'ils restent semblables , vous serez
changé vous-même. En usant du présent
tel qu'il est , vous aurez affaibli le sentiment trop impétueux d'un avenir meilleur ; et quand vous aurez toléré la vie,
elle deviendra bonne à votre cœur plus
tranquille. — Une passion cesse, une perte
s'oublie, un malheur se répare : moi, je
n'ai point de passions , je ne plains ni perte
ni malheur, rien qui puisse cesser, qui
puisse être oublié , qui puisse être réparé.
Une passion nouvelle peut distraire de celle
qui vieillit : mais où trouverai-je un aliment pour mon cœur quand il aura perdu
cette soif qui le consume ? Il desire tout,
il veut tout, il contient tout. Que mettre
à la place de cet infini qu'exige ma pensée ?
Les regrets s'oublient, d'autres biens les
effacent : mais quels biens pourront tromper des regrets universels ? Tout ce qui est

propre à la nature humaine appartient à
mon être ; il a voulu s'en nourrir selon sa
nature, il s'est épuisé sur une ombre im-
palpable : savez - vous quelque bien qui
console du regret du monde ? Si mon malheur est dans le néant de ma vie, le tems
calmera-t-il des maux que le tems aggrave :
et dois - je espérer qu'ils cessent, quand
c'est par leur durée même qu'ils sont intolérables ? — Attendez : des tems meilleurs
produiront peut-être ce que semble vous
interdire votre destinée présente. — Hommes d'un jour, qui projettez en vieillissant,
et qui raisonnez, pour un avenir reculé
quand la mort est sur vos pas ; en rêvant
des illusions consolantes dans l'instabilité
des choses ; ne sentirez-vous jamais leur
cours rapide ; ne verrez - vous point que
votre vie s'endort en se balançant ; et que
cette vicissitude qui soutient votre cœur
trompé, ne l'agite que pour l'éteindre à
jamais dans une secousse dernière et pro-
chaine ? Si la vie de l'homme était éternelle, si seulement elle était plus longue,
si seulement elle restait semblable jusques

près de sa dernière heure, alors l'espérance pourrait me séduire, et j'attendrais peut-être ce qui du moins serait possible. Mais y a-t-il quelque permanence dans la vie? Le jour futur peut-il avoir les besoins du jour présent, et ce qu'il fallait aujourd'hui sera-t-il bon demain? Notre cœur change plus rapidement que les saisons annuelles; leurs vicissitudes souffrent du moins quelque permanence, parce qu'elles se répètent dans l'étendue des siècles. Mais nos jours que rien ne renouvelle, n'ont pas deux heures qui puissent être semblables : leurs saisons qui ne se réparent pas, ont chacune leurs besoins; s'il en est une qui ait perdu ce qui lui était propre, elle l'a perdu sans retour, et nul autre âge ne saurait posséder ce que l'âge puissant n'a pas atteint. — C'est le propre de l'insensé de prétendre lutter contre la nécessité. Le sage reçoit les choses telles que sa destinée les donne; il ne s'attache qu'à les considérer sous les rapports qui peuvent les lui rendre heureuses : sans s'inquiéter inutilement dans quelles voies il erre sur ce globe, il sait posséder, à chaque gîte qui marque sa course, et les douceurs des convenances, et la sécurité du repos ; et devant sitôt trouver, quoiqu'il arrive, le terme de sa marche, il va sans effort, il s'égare même sans inquiétude. Que lui servirait de vouloir davantage, de résister à la force du monde, et de chercher à éviter des chaînes et une ruine inévitable ? Nul individu ne saurait arrêter le cours universel, et rien n'est plus vain que la plainte des maux attachés nécessairement à notre nature. — Si tout est nécessaire, que prétendez-vous opposer à mes ennuis ? Pourquoi les blâmer ; puis-je sentir autrement ? Si au contraire notre sort particulier est dans nos mains, si l'homme peut choisir et vouloir, il existera pour lui des obstacles qu'il ne saurait vaincre, et des misères auxquelles il ne pourra soustraire sa vie : mais tout l'effort du genre humain ne pourrait faire plus contre lui que de l'anéantir. Celui-là seul peut être soumis à tout, qui veut absolument vivre ; mais celui qui ne prétend à rien, ne peut être soumis à rien.

Vous exigez que je me résigne à des maux inévitables ; je le veux bien aussi : mais quand je consens à tout quitter, il n'y a plus pour moi de maux inévitables.

Les biens nombreux qui restent à l'homme dans le malheur même ne sauraient me retenir. Il y a plus de biens que de maux, cela est vrai dans le sens absolu, et pourtant ce serait s'abuser étrangement que de compter ainsi. Un seul mal que nous ne pouvons oublier anéantit l'effet de vingt biens dont nous paraissons jouir ; et malgré les promesses du raisonnement, il est beaucoup de maux que l'on ne saurait cesser de sentir qu'avec des efforts et du tems, si du moins l'on n'est sectaire et un peu fanatique. Le tems, il est vrai, dissipe ces maux, et la résistance du sage les use plus vîte encore ; mais l'industrieuse imagination des autres hommes les a tellement muditpliés, qu'ils seront toujours remplacés avant leur terme : et comme les biens passent ainsi que les douleurs, y eût-il dans l'homme dix plaisirs pour une seule peine, si l'amertume d'une seule peine

corrompt cent plaisirs pendant toute sa
durée, la vie sera au moins indifférente et
inutile à qui n'a plus d'illusions. Le mal
reste, le bien n'est plus : par quel prestige,
pour quelle fin porterais-je la vie ? Le dénouement est connu ; qu'y-a-t-il à faire
encore ? La perte vraiment irréparable est
celle des desirs.

Je sais qu'un penchant naturel attache
l'homme à la vie ; mais c'est en quelque
sorte un instinct d'habitude, il ne prouve
nullement que la vie soit bonne. L'être,
par cela qu'il existe, doit tenir à l'existence :
la raison seule peut lui faire voir le néant
sans effroi. Il est remarquable que l'homme
dont la raison affecte tant de mépriser l'instinct, s'autorise de ce qu'il a de plus aveugle pour justifier les sophismes de cette
même raison.

On objectera que l'impatience de la vie
tient à l'impétuosité des passions ; et que
le vieillard s'y attache à mesure que l'âge
le calme et l'éclaire. Je ne veux pas examiner en ce moment, si la raison de l'homme
qui s'éteint vaut plus que celle de l'homme

dans sa force ; si chaque âge n'a pas sa manière de sentir convenable alors, et dé-
placée dans d'autres tems ; si enfin nos
institutions stériles, si nos vertus de vieillards, ouvrages de la caducité, du moins
dans leur principe, prouvent solidement
en faveur de l'âge refroidi. Je répondrais
seulement : toute chose mélangée est re-
grettée au moment de sa perte ; une perte
sans retour n'est jamais vue froidement
après une longue possession ; et notre
imagination, que nous voyons toujours
dans la vie abandonner un bien dès qu'il
est atteint, pour fixer nos efforts sur celui
qui nous reste à acquérir, ne s'arrête dans
ce qui finit que sur le bien qui nous est
enlevé, et non sur le mal dont nous
sommes délivrés.

Ce n'est pas ainsi que l'on doit estimer
la valeur de la vie effective pour la plupart
des hommes. Mais chaque jour de cette
existence dont ils espèrent sans cesse,
demandez-leur si le moment présent les
satisfait, les mécontente, ou leur est indifférent : vos résultats seront sûrs alors.

Toute autre estimation n'est qu'un moyen de s'en imposer à soi-même ; et je veux mettre une vérité claire et simple , à la place des idées confuses , et des sophismes rebattus.

L'on me dira sérieusement : arrêtez vos désirs ; bornez ces besoins trop avides : mettez vos affections dans les choses faciles : pourquoi chercher ce que les circonstances éloignent ? pourquoi exiger ce dont les hommes se passent si bien ? pourquoi vouloir des choses utiles , tant d'autres n'y pensent même pas ? pourquoi vous plaindre des douleurs publiques ; voyez-vous qu'elles troublent le sommeil d'un seul heureux ? que servent ces pensers d'une ame forte et cet instinct des choses sublimes ? ne sauriez-vous rêver la perfection sans y prétendre amener la foule qui s'en rit , tout en gémissant ? et vous faut-il , pour jouir de votre vie , une existence grande ou simple , des circonstances énergiques , des lieux choisis , des hommes et des choses selon votre cœur ? Tout est bon à l'homme pourvu qu'il existe ; et par-tout où il peut vivre, il peut vivre bien. S'il a une bonne réputation, quelques connaissances qui lui veuillent du bien, une maison et de quoi se présenter dans le monde, que lui faut-il davantage ? Certes je n'ai rien à répondre à ces conseils qu'un homme mûr me donnerait, et je les crois très-bons en effet pour ceux qui les trouvent tels.

Cependant je suis plus calme maintenant, et je commence à me lasser de mon impatience elle-même. Des idées sombres, mais tranquilles, me deviennent plus familières. Je songe volontiers à ceux qui, dans le matin de leurs jours, ont trouvé leur éternelle nuit : ce sentiment me repose et me console ; c'est l'instinct du soir. Mais pourquoi ce besoin des ténèbres ? pourquoi la lumière m'est-elle pénible ? Ils le sauront un jour ; quand ils auront changé ; quand je ne serai plus.

Quand vous ne serez plus ! méditez-vous un crime ? — Si, fatigué des maux de la vie, et sur-tout désabusé de ses biens, déjà suspendu sur l'abîme marqué pour le moment suprême, retenu par l'ami, accusé par le moraliste, condamné par ma patrie, coupable aux yeux de l'homme social, j'avais à répondre à ses efforts, à ses reproches; voici ce me semble ce que je pourrais dire.

J'ai tout examiné, tout connu; si je n'ai pas tout éprouvé, j'ai du moins tout pressenti. Vos douleurs ont flétri mon ame; elles sont intolérables parce qu'elles sont sans but. Vos plaisirs sont illusoires, fugitifs, un jour suffit pour les connaître et les quitter. J'ai cherché en moi le bonheur, mais sans fanatisme; j'ai vu qu'il n'était pas fait pour l'homme seul : je le proposai à ceux qui m'environnaient, ils n'avaient pas le loisir d'y songer. J'interrogeai la multitude que flétrit la misère, et les privilégiés que l'ennui opprime; ils m'ont dit, nous souffrons aujourd'hui, mais nous jouirons demain. Pour moi je sais que le jour qui se prépare va marcher sur la trace du jour qui s'écoule. Vivez, vous que peut tromper encore un prestige heureux; mais moi, fatigué de ce qui peut égarer l'espoir, sans attente et presque sans desir,

19 *

je ne dois plus vivre. Je juge la vie
comme l'homme qui descend dans la tombe,
qu'elle s'ouvre donc pour moi : reculerais-
je le terme quand il est déjà atteint? La nature offre des illusions à croire et à aimer ;
elle ne lève le voile qu'au moment marqué
pour la mort : elle ne l'a pas levé pour vous,
vivez : elle l'a levé pour moi, ma vie n'est
déjà plus.

Il se peut que le vrai bien de l'homme
soit son indépendance morale , et que ses
misères ne soient que le sentiment de sa
propre faiblesse dans des situations multipliées ; que tout soit songe hors de lui ,
et que la paix soit dans le cœur inaccessible
aux illusions. Mais sur quoi se reposera sa
pensée désabusée? que faire dans la vie
quand on est indifférent à tout ce qu'elle
renferme ? Quand la passion de toutes
choses, quand ce besoin universel des ames
fortes a consumé nos cœurs ; quand le
charme abandonne nos desirs détrompés ;
l'irrémédiable ennui naît de ces cendres
refroidies : funèbre, sinistre, il absorbe
tout espoir, il règne sur les ruines , il dé-

vore , il éteint. D'un effort invincible ,
il creuse notre tombe , asile qui donnera
du moins le repos par l'oubli, le calme dans
le néant.

Sans les desirs, que faire de la vie ? Végéter stupidement ; se traîner sur la trace
inanimée des soins et des affaires ; ramper
énervés dans la bassesse de l'esclave, ou
la nullité de la foule ; penser sans servir
l'ordre universel ; sentir sans vivre ! Ainsi,
jouet lamentable d'une destinée que rien
n'explique , l'homme abandonnera sa vie
aux hasards et des choses et des tems. Ainsi,
trompé par l'opposition de ses vœux , de
sa raison , de ses lois , de sa nature , il se
hâte d'un pas riant et plein d'audace vers
la nuit sépulcrale. L'œil ardent , mais
inquiet au milieu des fantômes , et le cœur
chargé de douleurs , il cherche et s'égare ,
il végète et s'endort.

Harmonie du monde ! Rêve sublime !
Fin morale, reconnaissance sociale, lois,
devoirs , mots sacrés, parmi les hommes !
je ne puis vous braver qu'aux yeux de la
foule trompée.

A la vérité, j'abandonne des amis que je vais affliger, ma patrie dont je n'ai point assez payé les bienfaits, tous les hommes que je devais servir : ce sont des regrets et non pas des remords. Qui, plus que moi, pourra sentir le prix de l'union, l'autorité des devoirs, le bonheur d'être utile? J'espérais faire quelque bien, ce fut le plus flatteur, le plus insensé de mes rêves. Dans la perpétuelle incertitude d'une existence toujours agitée, précaire, asservie, vous suivez tous, aveugles et dociles, la trace battue de l'ordre établi ; abandonnant ainsi votre vie à vos habitudes, et la perdant sans peine comme vous perdriez un jour. Je pourrais, entraîné de même par cette déviation universelle, laisser quelques bienfaits dans ces voies d'erreur : mais ce bien, facile à tous, sera fait sans moi par les hommes bons. Il en est; qu'ils vivent, et qu'utiles à quelque chose, ils se trouvent heureux. Pour moi, au sein de cet abîme de maux, je ne serai point consolé, je l'avoue, si je ne fais pas plus. Un infortuné près de moi sera peut-être soulagé , cent mille gémiront : et moi , impuissant au milieu d'eux , je verrai sans cesse attribuer à la nature des choses , les fruits amers de l'égarement humain ; et se perpétuer comme l'œuvre inévitable de la nécessité , ces misères où je crois sentir le caprice accidentel d'une perfectibilité qui s'essaye ! Que l'on me condamne sévère-ment , si je refuse le sacrifice d'une vie heureuse au bien général : mais lorsque , devant rester inutile , j'appelle une mort trop long-tems attendue , j'ai des regrets , je le répète , et non pas des remords.

Sous le poids d'un malheur passager , considérant la mobilité des impressions et des événemens, sans doute je devrais atten-dre des jours plus favorables. Mais le mal qui pèse sur mes ans, n'est point un mal passager. Ce vide dans lequel ils s'écoulent lentement, qui le remplira ? Qui rendra des desirs à ma vie, et une attente à ma volonté? C'est le bien lui-même que je trouve inutile; fassent les hommes qu'il n'y ait plus que des maux à déplorer ! Durant l'orage, l'espoir soutient; et l'on s'affermit

contre le danger parce qu'il peut finir ; mais
si le calme lui-même vous fatigue, qu'es-
pérerez-vous alors ? Si demain peut être
bon , je veux bien attendre ; mais si ma destinée est telle que demain ne pouvant être
meilleur, puisse être plus malheureux
encore, je ne verrai point ce jour funeste.

Si c'est un devoir réel d'achever la vie
qui m'a été donnée., sans doute je braverai
ses misères ; le tems rapide les entraînera
bientôt. Quelque opprimés que puissent
être nos jours, ils sont tolérables, puisqu'ils sont bornés. La mort et la vie sont en
mon pouvoir ; je ne tiens pas à l'une , je ne
desire point l'autre, que la raison décide si
j'ai le droit de choisir entre elles.

C'est un crime, me dit-on, de déserter la
vie ; mais ces mêmes sophistes qui me dé-
fendent la mort, m'exposent ou m'envoient
à elle. Leurs innovations la multiplient autour de moi, leurs préceptes m'y condui-
sent, ou leurs lois me la donnent. C'est une
gloire de renoncer à la vie quand elle est
bonne, c'est une justice de tuer celui qui
veut vivre ; et cette mort que l'on doit

chercher quand on la redoute, ce serait un crime de s'y livrer quand on la desire ! Sous cent prétextes, ou spécieux, ou ridicules, vous vous jouez de mon existence : moi seul je n'aurais plus de droits sur moi-même ? Quand j'aime la vie, je dois la mépriser ; quand je suis heureux, vous m'envoyez mourir : et si je veux la mort, c'est alors que vous me la défendez ; vous m'imposez la vie quand je l'abhorre *.

---

* Beccaria a dit d'excellentes choses contre la peine de mort : mais je ne saurais penser comme lui sur celles-ci. Il prétend que le citoyen *n'ayant pu aliéner que la portion de sa liberté la plus petite possible*, n'a pu consentir à la perte de sa vie : il ajoute que *n'ayant pas le droit de se tuer lui-même*, il n'a pu céder à la cité le droit de le tuer.

Je crois qu'il importe de ne dire que des choses justes et incontestables, lorsqu'il s'agit des principes qui servent de base aux lois positives ou à la morale. Il y a du danger à appuyer les meilleures choses par des raisons seulement spécieuses. Lorsqu'un jour leur illusion se trouve évanouie, la vérité même qu'elles paraissaient soutenir en est ébranlée. Les choses vraies ont leur raison réelle, il n'en faut pas chercher d'arbitraires. Si la législation morale et

Si je ne puis m'ôter la vie, je ne puis non
plus m'exposer à une mort probable. Est-

---

politique de l'antiquité n'avait été fondée que sur
des principes évidens, sa puissance moins persuasive,
il est vrai, dans les premiers tems, et moins propre
à faire des enthousiastes, fût restée inébranlable. Si
l'on essayait maintenant de construire cet édifice que
l'on n'a pas encore élevé, je conviens que peut-être
il ne serait utile que quand les années l'auraient ci-
menté, mais cette considération ne détruit point sa
beauté, et ne dispense pas de l'entreprendre.

O. ne fait que douter, supposer, chercher, rêver;
il pense et ne raisonne guère; il examine et ne décide pas, n'établit pas. Ce qu'il dit n'est rien, si l'on
veut, mais peut mener à quelque chose. Si dans sa
manière indépendante et sans système, il suit pourtant quelque principe, c'est sur-tout celui de ne dire
que des vérités en faveur de la vérité même, et de
ne rien admettre que tous les temps ne pussent avouer;
de ne pas confondre la bonté de l'intention avec la
justesse des preuves, et de ne pas croire qu'il soit
indifférent par quelle voie l'on persuade les meilleures choses. L'histoire de tant de sectes religieuses
et politiques a prouvé que les moyens expéditifs ne
produisent que l'ouvrage d'un jour. Cette manière
de voir m'a parue d'une grande importance, et c'est
principalement à cause d'elle que je publie ces lettres
si vides sous d'autres rapports, et si vagues.

ce là cette prudence que vous demandez de
vos sujets ? Sur le champ de bataille, ils
doivent calculer les probabilités avant de
marcher à l'ennemi, et vos héros sont tous
des criminels. L'ordre que vous leur donnez ne les justifie point : vous n'avez pas le
droit de les envoyer à la mort, s'ils n'ont
pas eu le droit de consentir à y être en-
voyés. Une même démence autorise vos
fureurs et dicte vos préceptes : et tant
d'inconséquence pourrait justifier tant d'injustice ! Si je n'ai point sur moi-même ce
droit de mort, qui l'a donné à la société ?
Ai-je cédé ce que je n'avais point ? Quel
principe social avez-vous inventé, qui
m'explique comment un corps acquiert un
pouvoir interne et réciproque que ses mem-
bres n'avaient point, et comment j'ai donné
pour m'opprimer, un droit que je n'avais pas
même pour échapper à l'oppression ? Dira-
t-on que si l'homme isolé jouit de ce droit
naturel, il l'aliène en devenant membre de
la société ? Mais ce droit est inaliénable par
sa nature, et nul ne saurait faire une convention qui lui ôte tout pouvoir de la rompre

quand on la fera servir à son préjudice. On a
prouvé, avant moi, que l'homme n'a pas le
droit de renoncer à sa liberté, ou en d'autres termes, de cesser d'être homme : comment perdrait-il le droit le plus essentiel,
le plus sûr, le plus irrésistible de cette
même liberté, le seul qui garantisse son indépendance, et qui lui reste toujours
contre le malheur? Jusques à quand de
palpables absurdités asserviront - elles les
hommes ?

Si ce pouvait être un crime d'abandonner
la vie, c'est vous que j'accuserais, vous
dont les innovations funestes m'ont conduit
à vouloir la mort, que sans vous j'eusse
éloignée; cette mort, perte universelle que
rien ne répare, triste et dernier refuge
qu'encore vous osez m'interdire, comme
s'il vous restait quelque prise sur ma dernière heure, et que là aussi les formes de
votre législation pussent limiter des droits
placés hors du monde qu'elle gouverne.
Opprimez ma vie; la loi est souvent aussi
le droit du plus fort : mais la mort est la
borne que je veux poser à votre pouvoir.

Ailleurs vous commanderez, ici il faut prouver.

Dites-moi clairement, sans vos détours habituels, sans cette vaine éloquence des mots qui ne me trompera pas, sans ces grands noms mal-entendus de force, de vertu, d'ordre éternel, de destination morale ; dites-moi simplement si les lois de la société sont faites pour le monde actuel et vrai, ou pour une vie future et éloignée de nous ? Si elles sont faites pour le monde positif, dites-moi comment des lois relatives à un ordre de choses, peuvent m'obliger quand cet ordre n'est plus ; comment ce qui règle la vie peut s'étendre au-delà ; comment le mode selon lequel nous avons déterminé nos rapports peut subsister quand ces rapports ont fini ; et comment j'ai pu jamais consentir que nos conventions me retinssent quand je n'en voudrais plus ? Quel est le fondement, je veux dire le prétexte de vos lois ? N'ont-elles pas promis *le bonheur de tous ;* quand je veux la mort, apparamment je ne me sens pas heureux. Le pacte qui m'opprime, doit-il être irrévocable ? Un engagement onéreux dans les choses particulières de la vie, peut trouver au moins des compensations ; et l'on peut sacrifier un avantage, quand il nous reste la faculté d'en posséder d'autres : mais l'abnégation totale peut-elle entrer dans l'idée d'un homme qui conserve quelque notion de droit et de vérité ? Toute société est fondée sur une réunion de facultés, un échange de services : mais quand je nuis à la société, ne refuse-t-elle pas de me protéger ? Si donc elle ne fait rien pour moi, ou si elle fait beaucoup contre moi, j'ai aussi le droit de refuser de la servir. Notre pacte ne lui convient plus, elle le rompt : il ne me convient plus, je le romps aussi : je ne me révolte pas, je sors.

C'est un dernier effort de votre tyrannie jalouse. Trop de victimes vous échapperaient ; trop de preuves de la misère publique s'élèveraient contre le vain bruit de vos promesses, et découvriraient vos codes astucieux dans leur nudité aride et leur corruption financière. J'étais simple de vous

parler de justice ! j'ai vu le sourire de la
pitié dans votre regard paternel. Il me dit
que c'est la force et l'intérêt qui mènent les
hommes. Vous l'avez voulu : et bien ! comment votre loi sera-t-elle maintenue ? Qui
punira-t-elle de son infraction ? Atteindra-
t-elle celui qui n'est plus ? Vengera-t-elle
sur les siens son effort méprisé ? Quelle démence inutile ! Multipliez nos misères, il
le faut pour les grandes choses que vous
projettez, il le faut pour le genre de gloire
que vous cherchez : asservissez, tourmen-
tez, mais du moins ayez un but ; soyez ini-
ques et froidement atroces ; mais du moins
ne le soyez pas en vain. Quelle dérision
qu'une loi de servitude qui ne sera ni obéie
ni vengée !

Où votre force finit, vos impostures commencent : tant il est nécessaire à votre empire que vous ne cessiez pas de vous jouer
des hommes ! C'est la nature, c'est l'intelligence suprême qui veulent que je plie ma
tête sous le joug insultant et lourd. Elles
veulent que je m'attache à ma chaîne, et
que je la traîne docilement, jusqu'à l'instant

où il vous plaira de la briser sur ma tête.
Quoique vous fassiez, un Dieu vous livre
ma vie; et l'ordre du monde serait interverti
si votre esclave échappait.

L'Éternel m'a donné l'existence et m'a
chargé de mon rôle individuel dans l'harmonie de ses œuvres; je dois le remplir
jusqu'à la fin, et je n'ai pas le droit de me
soustraire à son empire. — Vous oubliez
trop tôt l'ame que vous m'avez donnée. Ce
corps terrestre n'est que poussière, ne vous
en souvient-il plus ? Mais mon intelligence,
souffle impérissable émanée de l'intelligence
universelle, ne pourra jamais se soustraire
à sa loi. Comment quitterais-je l'empire du
maître de toutes choses ? Je ne change que
de lieu; les lieux ne sont rien pour celui
qui contient et gouverne tout. Il ne m'a pas
placé plus exclusivement sur la terre que
dans la contrée où il m'a fait naître.

La nature veille à ma conservation; je
dois aussi me conserver pour obéir à ses
lois; et puisqu'elle m'a donné la crainte
de la mort, elle me défend de la chercher.
C'est une belle phrase : mais la nature me

conserve, ou m'immole à son gré; du moins le cours des choses n'a point en cela de loi connue. Lorsque je veux vivre, un gouffre s'entr'ouvre pour m'engloutir; la foudre descend me consumer. Si la nature m'ôte la vie qu'elle m'a fait aimer, je me l'ôte quand je ne l'aime plus : si elle m'arrache un bien, je rejette un mal : si elle livre mon existence au cours arbitraire des événemens, je la quitte ou la conserve avec choix. Puisqu'elle m'a donné la faculté de vouloir et de choisir, j'en use dans la circonstance où j'ai à décider entre les plus grands intérêts; et je ne saurais comprendre que faire servir la liberté reçue d'elle, à choisir ce qu'elle m'inspire, ce soit l'outrager. Ouvrage de la nature, j'interroge ses lois, j'y trouve ma liberté. Placé dans l'ordre social, je réponds aux préceptes erronés des moralistes, et je rejette des lois que nul législateur n'avait le droit de faire.

Dans tout ce que n'interdit pas une loi supérieure et évidente, mon desir est ma loi, puisqu'il est le signe de l'impulsion naturelle ; il est mon droit par cela seul qu'il est mon desir. La vie n'est pas bonne pour moi. si, désabusé de ses biens, je n'ai plus d'elle que ses maux : elle m'est funeste alors ; je la quitte, c'est le droit de l'être qui choisit et qui veut *.

Si j'ose prononcer où tant d'hommes ont douté, c'est d'après une conviction intime : si ma décision se trouve conforme à mes besoins, elle n'est dictée du moins par aucune partialité : si je suis égaré, j'ose affirmer que je ne suis pas coupable, ne concevant pas comment je pourrais l'être.

J'ai voulu savoir ce que je pouvais faire : je ne décide point ce que je ferai. Je n'ai ni désespoir, ni passion : il suffit à ma sécu-

---

(*) Je sens combien cette lettre est propre à scandaliser. Je dois avertir que l'on verra dans la suite la manière de penser d'un autre âge sur la même question. J'ai déjà lu le passage que j'indique : il blâme le suicide, et peut-être il scandalisera tout autant que celui-ci ; mais il ne choquera que les mêmes personnes.

rité d'être certain que le poids inutile pourra
être secoué quand il me pressera trop. Dès
long-tems la vie me fatigue , et elle me
fatigue tous les jours davantage : mais je
ne suis point passionné. Je trouve aussi
quelque répugnance à perdre irrévocablement mon être. S'il fallait choisir à l'instant , ou de briser tous les liens , ou d'y
rester nécessairement attaché pendant vingt
ans encore , je crois que j'hésiterais peu :
mais je me hâte moins , parce que dans
quelques mois je le pourrai comme aujour-
d'hui , et que les Alpes sont le seul lieu
qui convienne à la manière dont je voudrais m'éteindre.

LETTRE XLII.

Lyon, 29 mai, VI.

J'ai lu plusieurs fois votre lettre entière.
Un intérêt trop vif l'a dictée. Je respecte
l'amitié qui vous trompe : j'ai senti que je
n'étais pas aussi seul que je le prétendais.
Vous faites valoir ingénieusement des motifs très-louables : mais croyez que s'il y a
beaucoup à dire à l'homme passionné que
le désespoir entraîne, il n'y a pas un mot
solide à répondre à l'homme tranquille qui
raisonne sa mort.

Ce n'est pas que j'aie rien décidé. L'ennui m'accable, le dégoût m'attère. Je sais
que ce mal est en moi. Que ne puis-je être
content de manger et de dormir ? car enfin
je mange et je dors. La vie que je traîne
n'est pas très-malheureuse. Chacun de mes
jours est supportable, mais leur ensemble
m'accable. Il faut que l'être organisé agisse,

et qu'il agisse selon sa nature. Lui suffit-
il d'être bien abrité, bien chaudement,
bien mollement couché, nourri de fruits
délicats, environné du murmure des eaux
et du parfum des fleurs. Vous le retenez
immobile : cette mollesse le fatigue, ces
essences l'importunent, ces alimens choisis ne le nourrissent pas. Retirez vos dons
et vos chaînes ; qu'il agisse, qu'il souffre
même ; qu'il agisse, c'est jouir et vivre.

Cependant l'apathie m'est devenue comme
naturelle ; il semble que l'idée d'une vie
active m'effraye ou m'étonne. Les choses
étroites me répugnent, et leur habitude
m'attache. Les grandes choses me séduiront
toujours, et ma paresse les craindrait. Je
ne sais ce que je suis, ce que j'aime, ce que
je veux ; je gémis sans cause, je desire sans
objet, et je ne vois rien, sinon que je ne
suis pas à ma place.

Ce pouvoir que l'homme ne saurait perdre, ce pouvoir de cesser d'être, je l'envi-
sage non pas comme l'objet d'un desir cons-
tant, non pas comme celui d'une résolution
irrévocable, mais comme la consolation qui

reste dans les maux prolongés, comme le terme toujours possible des dégoûts et de l'importunité. C'est-là ma chimère. Tout homme a fait, dit-on, des châteaux en Espagne. Quelquefois le sort les réalise.

Vous me rappelez le mot éloquent qui termine une lettre de *Mylord Edouard*. Je n'y vois pas une preuve contre moi. Je pense de même sur le principe ; mais la loi sans exception, qui défend de quitter volontairement la vie, ne m'en paraît pas une conséquence.

La moralité de l'homme, et son enthousiasme, l'inquiétude de ses vœux, le besoin d'extension qui lui est habituel, semblent annoncer que sa fin n'est pas dans les choses fugitives ; que son action n'est pas bornée aux spectres visibles ; que sa pensée a pour objet les concepts nécessaires et éternels ; que son affaire est de travailler à l'amélioration ou à la réparation du monde ; que sa destination est, en quelque sorte, d'élabo-

rer, de subtiliser, d'organiser, de donner à
la matière plus d'énergie, aux êtres plus de
puissance, aux organes plus de perfection,
aux germes plus de fécondité, aux rapports
des choses plus de rectitude, à l'ordre plus
d'empire.

On le regarde comme l'agent de la nature, employé par elle à achever, à polir
son ouvrage; à mettre en œuvre les por-
tions de la matière brute qui lui sont accessibles ; à soumettre aux lois de l'harmonie les composés informes; à purifier
les métaux, à embellir les plantes; à dé-
gager ou combiner les principes; à changer
les substances grossières en substances vo-
latiles, et la matière inerte en matière active; à rapprocher de lui les êtres moins
avancés, et à s'élever et s'avancer lui-
même vers le principe universel de feu, de
lumière, d'ordre, d'harmonie, d'activité.

Dans cette hypothèse, l'homme qui est
digne d'un aussi grand ministère, vainqueur des obstacles et des dégoûts, reste à
son poste jusqu'au dernier moment. Je respecte cette constance; mais il ne m'est pas

prouvé que ce soit là son poste. Si l'homme survit à la mort apparente, pourquoi, je le répète, son poste exclusif est-il plutôt sur la terre que dans la condition, dans le lieu où il est né. Si au contraire la mort est le terme absolu de son existence, de quoi peut-il être chargé si ce n'est d'une amélioration sociale. Ses devoirs subsistent, mais nécessairement bornés à la vie présente, ils ne peuvent ni l'obliger au-delà, ni l'obliger de rester obligé. C'est dans l'ordre social qu'il doit contribuer à l'ordre. Parmi les hommes il doit servir les hommes. Sans doute l'homme de bien ne quittera pas la vie tant qu'il pourra y être utile : être utile et être heureux sont pour lui une même chose ; s'il souffre et qu'en même tems il fasse beaucoup de bien, il est plus satisfait que mécontent. Mais quand le mal qu'il éprouve est plus grand que le bien qu'il opère, il peut tout quitter : il le devrait quand il est inutile et malheureux, s'il pouvait être assuré que sous ces deux rapports, son sort ne changera pas. On lui a donné la vie sans son consentement ; s'il était encore forcé de la garder, quelle liberté lui resterait-il? Il peut aliéner ses autres droits, mais jamais celui-là : sans ce dernier asile, sa dépendance est affreuse. Souffrir beaucoup pour être un peu utile, c'est une vertu qu'on peut conseiller dans la vie, mais non un devoir qu'on puisse prescrire à celui qui s'en retire. Tant que vous usez des choses, c'est une vertu obligatoire; à ces conditions, vous êtes membre de la cité : mais quand vous renoncez au pacte, le pacte ne vous oblige plus. Qu'entend-on d'ailleurs par être utile, en disant que chacun peut l'être. Un cordonnier, en fesant bien son métier, sauve à ses pratiques le désagrément d'avoir des cors : cependant je doute qu'un cordonnier très-malheureux, soit en conscience obligé de ne mourir que de paralysie, afin de continuer à bien prendre la mesure du pied. Quand c'est ainsi que nous sommes utiles, il nous est bien permis de cesser de l'être. L'homme est souvent admirable en supportant la vie; mais ce n'est pas à dire qu'il y soit toujours obligé.

Il me semble que voilà beaucoup de mots pour une chose très - simple. Mais quelque simple que je la trouve , ne pensez pas que je m'entête de cette idée , et que je mette plus d'importance à l'acte volontaire qui peut terminer la vie, qu'à un autre acte de cette même vie. Je ne vois pas que mourir soit une si grande affaire ; tant d'hommes meurent sans avoir le tems d'y penser, sans même le savoir. Une mort volontaire doit être réfléchie sans doute, mais il en est de même de toute les actions dont les conséquences ne sont pas bornées à l'instant présent.

Quand une situation devient probable , voyons aussitôt ce qu'elle pourra exiger de nous. Il est bon d'y avoir pensé d'avance , afin de ne se pas trouver dans l'alternative d'agir sans avoir délibéré , ou de perdre en délibérations l'occasion d'agir. Un homme qui sans s'être fait des principes, se trouve seul avec une femme , ne se met pas à raisonner ses devoirs ; il commence par manquer aux engagemens les plus saints, il y pensera peut-être ensuite.

Combien d'actions héroïques n'eussent pas été faites s'il eût fallu avant de hasarder sa vie, donner une heure à la discussion.

Je vous le répète, je n'ai point pris de résolution : mais j'aime à voir qu'une ressource infaillible par elle-même, et dont l'idée peut souvent diminuer mon impatience, ne m'est pas interdite.

LETTRE XLIII.

Lyon, 3o mai, VI.

La Bruyère a dit : Je ne haïrais pas d'être livré par la confiance à une personne raisonnable et d'en être gouverné en toutes choses, et absolument, et toujours. Je serais sûr de bien faire, sans avoir le soin de délibérer : je jouirais de la tranquillité de celui qui est gouverné par la raison.

Moi je vous dis que je voudrais être esclave afin d'être indépendant : mais je ne le dis qu'à vous. Je ne sais si vous appellerez cela une plaisanterie. Un homme chargé d'un rôle dans ce monde et qui peut faire céder les choses à sa volonté est sans doute plus libre qu'un esclave, ou du moins il a une vie plus satisfaisante, puisqu'il peut vivre selon sa pensée. Mais il y a des hommes entravés de toutes parts. S'ils font un mouvement, cette chaîne inextricable qui les enveloppe comme un filet, les repousse dans leur nullité ; c'est un ressort qui réagit d'autant plus qu'il est heurté avec plus de force. Que voulez-vous que fasse un pauvre homme ainsi embarrassé. Malgré sa liberté apparente, il ne peut pas plus *produire au-dehors des actes de sa vie* que celui qui consume la sienne dans un cachot. Ceux qui ont trouvé à leur cage un côté faible, et dont le sort avait oublié de river les fers, s'attribuant ce hasard heureux, viennent vous dire : courage ! il faut entreprendre, il faut oser ; faites comme nous. Ils ne voient point que ce n'est pas eux qui ont fait. Je ne dis pas que le hasard produise les choses ; mais je crois qu'elles sont conduites au moins en partie, par une force étrangère à l'homme ; et qu'il faut, pour réussir, un concours indépendant de notre volonté.

S'il n'y avait pas une force morale qui modifiât ce que nous appelons les probabilités du hasard, le cours du monde serait dans une incertitude bien plus grande. Un calcul changerait plus souvent le sort d'un

peuple : toute destinée serait livrée à une
supputation obscure : le monde serait arbre,
il n'aurait plus de lois, puisqu'elles n'auraient plus de suite. Qui n'en voit l'im-
possibilité ? Il y aurait contradiction ; des
hommes de bien deviendraient fortunés !

S'il n'y a point une force générale qui
entraîne toutes choses, quel singulier prestige empêche les hommes de voir avec
effroi, que pour avoir des miroirs, des
chandelles romaines, des cravates élastiques
et des dragées de baptême, ils ont tout
arrangé de manière qu'une seule faute ou
un seul événement peut flétrir et corrom-
pre toute une existence d'homme. Une
femme, pour avoir oublié l'avenir durant
moins d'une minute, n'a plus dans cet
avenir que neuf mois d'amères sollicitudes
et une vie d'opprobre. L'odieux étourdi
qui vient de tuer sa victime, va le lendemain perdre à jamais sa santé en oubliant
à son tour. Et vous ne voyez pas que
cet état des choses où un incident perd la
vie morale, où un seul caprice enlève mille
hommes, et que vous appelez l'édifice

social, n'est qu'un amas de misères mas-
quées et d'erreurs illusoires, et que vous
êtes ces enfans qui pensent avoir des jouets
d'un grand prix parce qu'ils sont couverts
de papier doré. Vous dites tranquillement :
c'est comme cela que le monde est fait.
Sans doute; et n'est-ce pas une preuve que
nous ne sommes autre chose dans l'univers que des figures burlesques qu'un
charlatan agite, oppose, promène en tous
sens; fait rire, battre, pleurer, sauter,
pour amuser..... qui ? Je ne le sais pas.
Mais c'est pour cela que je voudrais être
esclave : ma volonté serait soumise, et ma
pensée serait libre. Au contraire, dans ma
prétendue indépendance, il faudrait que
je fisse selon ma pensée : cependant je ne
le puis pas, et je ne saurais voir clairement pourquoi je ne le pourrais pas; il
s'ensuit que tout mon être est dans l'as-
sujettissement, sans se résoudre à le souffrir.

Je ne sais pas bien ce que je veux. Heureux celui qui ne veut que faire ses affaires;
il peut se montrer à lui-même son but.
Rien de grand (je le sens profondément),

rien de ce qui est possible à l'homme et sublime selon sa pensée, n'est inaccessible à ma nature : et pourtant, je le sens de même, ma fin est manquée, ma vie est perdue, stérilisée : elle est déjà frappée de mort ; son agitation est aussi vaine qu'immodérée ; elle est puissante, mais stérile, oisive et ardente au milieu du paisible et éternel travail des êtres. Je ne sais que vouloir ; il faut donc que je veuille toutes choses, car enfin je ne puis trouver de repos quand je suis consumé de besoins, je ne puis m'arrêter à rien dans le vide. Je voudrais être heureux ! Mais quel homme aura le droit d'exiger le bonheur sur une terre où presque tous s'épuisent tout entiers seulement à diminuer leurs misères.

Si je n'ai point la paix du bonheur, il me faut l'activité d'une vie forte. Certes je ne veux pas me traîner de degrés en degrés ; prendre place dans la société ; avoir des supérieurs, avoués pour tels, afin d'avoir des inférieurs à mépriser. Rien n'est burlesque comme cette hiérarchie des mépris qui descend selon des proportions très-

exactement nuancées , et embrasse tout
l'état, depuis le prince soumis à Dieu seul,
dit-il, jusqu'au plus pauvre décroteur du
faubourg, soumis à la femme qui le loge la
nuit sur de la paille usée. Un maître d'hôtel
n'ose marcher dans l'appartement de monsieur; mais dès qu'il s'est retourné vers
la cuisine, le voilà qui règne. Vous pren-
driez pour le dernier des hommes le mar-
miton qui tremble sous lui : pas du tout ;
car il commande très-durement à la femme
pauvre qui vient emporter les ordures, et
qui gagne quelques sous par sa protection.
Le valet que l'on charge des commissions ,
est homme de confiance : il donne lui-même
ses commissions au valet dont la figure
moins heureuse est laissée aux gros ouvrages : et le mendiant qui a su se mettre en
vogue , accable de tout son génie le mendiant qui n'a pas d'ulcère.

Celui-là seul aura pleinement vécu qui
passe sa vie entière dans la position à laquelle son caractère le rend propre : ou
bien celui-là encore dont le génie embrasse
les divers objets, que sa destinée conduit

dans toutes les situations possibles à l'homme, et qui dans toutes, sait être ce que sa situation demande. Dans les dangers, il est Morgan ; maître d'un peuple, il est Lycurgue ; chez des barbares, il est Odin ; chez les Grecs, il est Alcibiade ; dans le crédule Orient, il est Zerdust : il vit dans la retraite comme Philoclès ; maître du monde, il gouverne comme Trajan * ; dans une terre sauvage, il s'affermit pour d'autres tems, il dompte les caymans, il traverse les fleuves à la nage, il poursuit le bouquetin sur les granits glacés, il allume sa pipe à la lave des volcans **, il détruit autour de son asile l'ours du Nord, percé des flèches que lui-même a faites. Mais l'homme doit si

---

** Si O. avait lu davantage, et écrit plus tard, il aurait pu apprendre que Théodose fut bien plus grand que Trajan : cela se dit maintenant, en attendant qu'on le dise aussi de Constantin.

* Ceci a beaucoup de rapport à un fait rapporté dans l'*Histoire des voyages*. Un Islandais a dit à un savant Danois, qu'il avait allumé plusieurs fois sa pipe à un ruisseau de feu qui coula en Islande pendant près de deux années.

peu vivre, et la durée de ce qu'il laisse après lui a tant d'incertitude ! Si son cœur n'était pas avide, peut-être sa raison lui dirait-elle de vivre seulement sans douleurs, en donnant auprès de lui le bonheur à quelques amis dignes d'en jouir sans détruire son ouvrage.

Les sages, dit-on, vivant sans passion, vivent sans impatience; et comme ils voient toutes choses d'un même œil, ils trouvent dans leur quiétude la paix et la dignité de la vie. Mais de grands obstacles s'opposent souvent à cette tranquille indifférence. Pour recevoir le présent comme il s'offre, et mépriser l'espoir ainsi que les craintes de l'avenir, il n'est qu'un moyen sûr, facile et simple, c'est d'éloigner de son idée cet avenir dont la pensée agite toujours, puisqu'elle est toujours incertaine. Pour n'avoir ni craintes ni desir, il faut tout abandonner à l'événement comme à une sorte de nécessité, jouir ou souffrir selon qu'il arrive; et, l'heure suivante dût-elle amener la mort, n'en pas user moins paisiblement de l'instant présent. Une ame ferme habituée

à des considérations élevées, peut parvenir
à l'indifférence du sage sur ce que les hommes inquiets ou prévenus appellent des
malheurs et des biens : mais quand il faut
songer à cet avenir, comment n'en être
pas inquiété? S'il faut le disposer, comment
l'oublier ? S'il faut arranger, projeter, conduire, comment n'avoir point de sollicitude?
On doit prévoir les incidens, les obstacles,
les succès; or, les prévoir, c'est les craindre
ou les espérer. Pour faire, il faut vouloir;
et vouloir, c'est être dépendant. Le grand
mal est d'être forcé d'agir librement. L'esclave a bien plus de facilité pour être véritablement libre. Il n'a que des devoirs
personnels ; il est conduit par la loi de sa
nature : c'est la loi naturelle à l'homme, et
elle est simple. Il est encore soumis à son
maître ; mais cette loi là est claire. Epictète
fut plus heureux que Marc-Aurèle. L'esclave
est exempt de sollicitudes, elles sont pour
l'homme libre : l'esclave n'est pas obligé de
chercher sans cesse à accorder lui-même
avec le cours des choses ; concordance toujours incertaine et inquiétante, perpétuelle

difficulté de la vie de l'homme qui veut raisonner sa vie. Certainement c'est une nécessité, c'est un devoir de songer à l'avenir, de s'en occuper, d'y mettre même ses affections lorsqu'on est responsable du sort des autres. L'indifférence alors n'est plus permise ; et quel est l'homme, même isolé en apparence, qui ne puisse être bon à quelque chose, et qui par conséquent ne doive en chercher les moyens ? Quel est celui dont l'insouciance n'entraînera jamais d'autres maux que les siens propres ?

Le sage d'Epicure ne doit avoir ni femme ni enfans, mais cela même ne suffit pas encore. Dès-lors que les intérêts de quelqu'autre sont attachés à notre prudence, des soins petits et inquiétans altèrent notre paix, inquiètent notre ame, et souvent même éteignent notre génie.

Qu'arrivera-t-il à celui que de telles entraves compriment, et qui est né pour s'en irriter ? Il luttera péniblement entre ces soins auxquels il se livre malgré lui, et le dédain qui les lui rend étrangers. Il ne sera ni au-dessus des événemens parce qu'il

ne le doit pas , ni propre à en bien user. Il
sera variable dans la sagesse , et impatient
ou gauche dans les affaires : et il ne fera rien
de bon parce qu'il ne pourra rien faire
selon sa nature. Il ne faut être ni père ni
époux , si l'on veut vivre indépendant : il
faudrait peut-être n'avoir pas même d'amis ;
mais être ainsi seul , c'est vivre bien triste-
tement , c'est vivre inutile. Un homme qui
règle la destinée publique , qui médite et
fait de grandes choses , peut ne tenir à
aucun individu en particulier , les peuples
sont ses amis ; et, bienfaiteur des hommes ,
il peut se dispenser de l'être d'un homme :
mais il me semble que dans la vie obscure ,
il faut au moins chercher quelqu'un avec
qui l'on ait des devoirs à remplir. Cette
indépendance philosophique est une vie
commode , mais froide. Celui qui n'est pas
enthousiaste doit la trouver insipide à la
longue. Il est affreux de finir ses jours
en disant : nul cœur n'a été heureux par
mon moyen ; nulle félicité d'homme n'a
été mon ouvrage ; j'ai passé impassible
et nul, comme le glacier qui dans les antres

des montagnes, a résisté aux feux du midi,
mais qui n'est pas descendu dans la vallée
protéger de ses eaux les pâturages flétris
sous leurs rayons brûlans.

La religion finit toutes ses anxiétés ; elle
fixe tant d'incertitudes ; elle donne un but
qui n'étant jamais atteint, n'est jamais dé-
voilé ; elle nous assujettit pour nous mettre
en paix avec nous-mêmes ; elle nous promet
des biens dont l'espoir reste toujours, parce
que nous ne saurions en faire l'épreuve ;
elle écarte l'idée du néant, elle écarte les
passions de la vie ; elle nous débarrasse de
nos maux désespérans, de nos biens fugitifs ; et elle met à la place un songe dont
l'espérance, meilleure peut-être que tous
les biens réels, dure du moins jusqu'à la
mort. Elle est aussi bienfaisante qu'elle est
solennelle : mais elle semble n'exister que
pour ouvrir au cœur de l'homme des abîmes
nouveaux. Elle est fondée sur des dogmes
que plusieurs ne peuvent croire : en desi-
rant ses effets, ils ne peuvent les éprouver ;
en regrettant sa sécurité, ils ne sauraient
en jouir : ils cherchent ces célestes espé-

rances , et ils ne voient qu'un rêve des
mortels ; ils aiment la récompense de
l'homme bon , mais ils ne voient pas
qu'ils aient mérité de la nature ; ils voudraient perpétuer leur être , et ils voient
que tout passe. Tandis que le novice à
peine tonsuré , entend distinctement les
anges qui célèbrent ses jeûnes et ses mérites, eux qui ont le sentiment de la vertu,
savent assez qu'ils n'atteignent point sa
sublime hauteur : accablés de leur faiblesse
et du vide de leurs destins , ils n'ont pas
une autre attente que de desirer, de s'a-
giter et de passer comme l'ombre qui n'a
rien connu.

LETTRE XLIV.

Lyon , 15 juin , VI.

J'AI relu, j'ai pesé vos objections, ou si vous voulez, vos reproches : c'est ici une question sérieuse ; je vais y répondre à-peu-près. Si les heures que l'on passe à discuter sont ordinairement perdues, celles qu'on passe à s'écrire ne le sont point.

Croyez-vous bien sérieusement que cette opinion, qui, dites-vous, ajoute à mon malheur, dépende de moi ? Le plus sûr est de croire : je ne le conteste pas. Vous me rappelez aussi ce que l'on n'a pas moins dit, que cette croyance est nécessaire pour sanctionner la morale.

J'observe d'abord que je ne prétends point décider ; que j'aimerais même à ne pas nier, mais que je trouve au moins téméraire d'affirmer. Sans doute c'est un malheur que de pancher à croire impossible ce dont on desirerait la réalité, mais j'ignore comment on peut échapper à ce malheur * quand on y est tombé.

La mort, dites-vous, n'existe point pour l'homme. Vous trouvez impie le *hic jacet*. L'homme de bien , l'homme de génie n'est pas là sous ce marbre froid, dans cette cendre morte. Qui dit cela ? Dans ce sens *hic jacet* sera faux sur la tombe d'un chien : son instinct fidèle et industrieux n'est plus là. Où est-il ? Il n'est plus.

Vous me demandez ce, qu'est devenu le mouvement, l'esprit, l'âme de ce corps qui vient de pourrir : la réponse est très-simple. Quand le feu de votre cheminée s'éteint , sa lumière, sa chaleur, son mouvement enfin le quitte , comme chacun sait, et s'en va dans un autre monde pour y être éternellement récompensé s'il a réchauffé vos pieds , et éternellement puni s'il a brûlé vos pantoufles.

Ainsi l'harmonie de la lyre que l'Ephore vient de faire briser, passera de pipeaux

---

* En lisant la *Démonstration Evangélique.*

en sifflets , jusqu'à ce qu'elle ait expié par des sons plus austères ces modulations voluptueuses qui corrompaient la morale.

Rien ne peut être anéanti. Non : un être, un corpuscule n'est pas anéanti ; mais une forme , un rapport, une faculté le sont. Je voudrais bien que l'ame de l'homme bon et infortuné lui survécût pour un bonheur immortel. Mais si l'idée de cette félicité céleste a quelque chose de céleste elle-même, cela ne prouve point qu'elle ne soit pas un rêve. Ce dogme est beau et consolant sans doute ; mais ce que j'y vois de beau , ce que j'y trouverais de consolant , loin de me le prouver, ne me donne pas même l'espérance de le croire. Quand un sophiste s'avisera de me dire que si je suis dix jours soumis à sa doctrine , je recevrai au bout de ce tems des facultés surnaturelles , que je resterai invulnérable , toujours jeune , possédant tout ce qu'il faut au bonheur , puissant pour faire le bien , et dans une sorte d'impuissance de vouloir aucun mal ; ce songe flattera sans doute mon imagi-nation , j'en regretterai peut-être les pro-

messes séduisantes, mais je ne pourrai pas
y voir la vérité.

En vain il m'objectera que je ne cours
aucun risque à le croire. S'il me promettait
plus encore pour être persuadé que le soleil
luit à minuit, cela ne serait pas en mon
pouvoir. S'il me disait ensuite : à la vérité,
je vous faisais un mensonge, et je trompe
de même les autres hommes ; mais ne
les avertissez point, car c'est pour les consoler ; ne pourrais-je lui répliquer que sur
ce globe âpre et fangeux, où discutent et
souffrent dans une même incertitude, quelques cent millions d'immortels gais ou na-
vrés, ivres ou moroses, sémillans ou im-
béciles, trompés ou atroces, nul n'a encore prouvé que ce fût un devoir de dire
ce qu'on croit consolant, et de taire ce que
l'on croit vrai.

Très-inquiets et plus ou moins malheureux, nous attendons sans cesse l'heure
suivante, le jour suivant, l'année suivante.
Il nous faut à la fin une vie suivante. Nous
avons existé sans vivre ; nous vivrons donc
un jour : conséquence plus flatteuse que

juste. Si elle est une consolation pour le malheureux ; cela même est une raison de plus pour que la vérité m'en soit suspecte. C'est un assez beau rêve qui dure jusqu'à ce qu'on s'endorme pour jamais. Conservons cet espoir : heureux celui qui l'a ! Mais convenons que la raison qui le rend si universel n'est pas difficile à trouver.

Il est vrai qu'on ne risque rien d'y croire quand on peut : mais il ne l'est pas moins que le grand Paschal a dit une puérilité quand il a dit : Croyez, parce que vous ne risquez rien de croire, et que vous risquez beaucoup en ne croyant pas. Ce raisonnement est décisif, s'il s'agit de la conduite, il est absurde quand c'est la foi que l'on demande. Croire a-t-il jamais dépendu de la volonté ?

L'homme de bien ne peut que desirer l'immortalité. On a osé dire d'après cela : le méchant seul n'y croit pas. Ce jugement téméraire place dans la classe de ceux qui ont à redouter une justice éternelle, plusieurs des plus sages et des plus grands des hommes. Ce mot de l'intolérance serait atroce, s'il n'était pas imbécille.

Tout homme qui croit finir en mourant est l'ennemi de la société ; il est nécessairement égoïste et méchant avec prudence : autre erreur. Helvétius connaissait mieux les différences du cœur humain, lorsqu'il disait : il y a des hommes si malheureusement nés qu'ils ne sauraient se trouver heureux que par des actions qui mènent à la Grève. Il y a aussi des hommes qui ne peuvent être bien qu'au milieu des hommes contens, qui se sentent dans tout ce qui jouit et souffre, et qui ne sauraient être satisfaits d'eux-mêmes que s'ils contribuent à l'ordre des choses et à la félicité des hommes. Ceux-là tâchent de bien faire sans croire beaucoup à l'étang de soufre.

Au moins, objectera-t-on, la foule n'est pas ainsi organisée. Dans le vulgaire des hommes, chaque individu ne cherche que son intérêt personnel, et sera méchant s'il n'est utilement trompé. Ceci peut être vrai jusqu'à un certain point. Si les hommes ne devaient et ne pouvaient jamais être détrompés, il n'y aurait plus qu'à décider si l'intérêt public donne le droit de tromper, et si c'est un crime ou du moins un mal de dire la vérité contraire. Mais, si cette erreur utile, ou donnée pour telle, ne peut avoir qu'un tems; s'il est inévitable qu'un jour on cesse de croire sur parole; ne faut-il point avouer que tout votre édifice moral restera sans appui quand une fois ce brillant échaffaudage se sera écroulé. Pour prendre des moyens plus faciles et plus courts d'assurer le présent, vous exposez l'avenir à la subversion la plus sinistre et peut-être la plus irrémédiable. Si au contraire vous eussiez su trouver dans le cœur humain les bases naturelles de sa moralité; si vous eussiez su y mettre ce qui pouvait manquer au mode social, aux institutions de la cité; votre ouvrage plus difficile, il est vrai, et plus savant, eût été durable comme le monde.

Si donc il arrivait que mal persuadé de ce que n'ont pas cru eux-mêmes plusieurs des plus vénérés d'entre vous, on vînt à dire: les nations commencent à vouloir des certitudes et à distinguer les choses positives ; la morale se déprave , et la foi n'est plus. Il faut se hâter de prouver aux hommes qu'indépendamment d'une vie future, la justice est nécessaire à leurs cœurs; que pour l'individu même , il n'y a point de bonheur sans la raison ; et que les vertus morales sont des lois de la nature aussi nécessaires à l'homme en société que les lois des besoins des sens. Si , dis-je , il était de ces hommes justes et amis de l'ordre par leur nature , dont le premier besoin fût de ramener les hommes à plus d'union , de conformités et de jouissances : si , laissant dans le doute ce qui n'a jamais été prouvé , ils rappelaient aux hommes les principes de justice et d'amour universel qu'on ne saurait contester : s'ils se permettaient de leur parler des voies invariables du bonheur: si, entraînés par la vérité qu'ils sentent, qu'ils voient et que vous reconnaissez vous-mêmes , ils consacraient leur vie à l'annoncer de différentes manières et à la persuader avec le tems : pardonnez , ministres de vérité, à des moyens qui ne sont pas précisément les vôtres, mais qui serviront la vérité; considérez, je vous prie, qu'il n'est plus d'usage de lapider, que les miracles modernes ont fait beaucoup rire, que les tems sont changés, et qu'il faudra que vous changiez avec eux.

Je quitte les interprètes du ciel, que leur grand caractère rend très-utiles ou très-funestes, tout-à-fait bons ou tout-à-fait méchans, les uns vénérables, les autres dignes d'exécration. Je reviens à votre lettre. Je ne réponds pas à tous ses points, parce que la mienne serait trop longue; mais je ne saurais laisser passer une objection spécieuse en effet, sans observer qu'elle n'est pas aussi fondée qu'elle pourrait d'abord le paraître.

La nature est conduite par des forces inconnues et selon des lois mystérieuses : l'ordre est sa mesure, l'intelligence est son mobile : il n'y a pas bien loin, dit-on, de ces données prouvées et obscures, à nos dogmes inexplicables. Plus loin qu'on ne pense. *

---

* Il y a effectivement quelque différence entre

1.   22

Beaucoup d'hommes extraordinaires ont cru aux présages, aux songes, aux moyens secrets des forces invisibles ; beaucoup d'hommes extraordinaires ont donc été superstitieux : je le veux bien, mais du moins ce ne fut pas à la manière des petits esprits. L'historien d'Alexandre dit qu'il était superstitieux, frère Labre l'était aussi : mais Alexandre et frère Labre ne l'étaient pas de la même manière, il y avait bien quelques différences entre leurs pensers. Je crois que nous reparlerons de cela une autre fois.

Pour les efforts presque surnaturels que la religion fit faire, je n'y vois pas une grande preuve d'origine divine. Tous les genres de fanatisme ont produit des choses qui surprennent quand on est de sang-froid.

---

avouer qu'il existe des choses inexplicables à l'homme, ou affirmer que l'explication inconcevable de ces choses est juste et infaillible. Il est encore différent de dire, dans les ténèbres ; je ne vois pas : ou de dire ; je vois une lumière divine, vous qui me suivez, non-seulement ne dites point que vous ne la voyez pas, mais voyez-la, sinon vous êtes anathème.

Quand vos dévots ont trente mille livres
de rente, et qu'ils donnent beaucoup de
sous aux pauvres, on vante leurs aumônes.
Quand les bourreaux leur *ouvrent le ciel*,
on crie que sans la grace d'en haut, ils n'auraient jamais eu la force d'accepter une félicité éternelle. En général, je n'aperçois
point ce que leurs vertus peuvent avoir qui
m'étonnât à leur place. Le prix est assez
grand : mais eux sont souvent bien petits.
Pour aller droit, ils ont sans cesse besoin
de voir l'enfer à gauche, le purgatoire à
droite, et le ciel en face. Je ne dis pas qu'il
n'y ait point d'exceptions ; il me suffit
qu'elles soient rares.

Si la religion a fait de grandes choses,
c'est avec des moyens immenses. Celles que
la bonté du cœur a faites tout naturellement, sont moins éclatantes peut-être,
moins opiniâtres et moins prônées, mais
plus sûres comme plus utiles.

Le stoïcisme eut aussi ses héros. Il les eut
sans promesses éternelles, sans menaces
infinies. Si un culte eût fait tant avec si peu,

22 *

on en tirerait de belles preuves de son ins-
titution divine.   A demain.

Examinez deux choses : si la religion
n'est pas un des plus faibles moyens sur la
classe qui reçoit ce qu'on appelle de l'éducation : et s'il n'est pas absurde qu'il ne soit
donné de l'éducation qu'à la dixième partie
des hommes.

Quand on a dit que le Stoïcien n'avait
qu'une fausse vertu, parce qu'il ne prétendait pas à la vie éternelle, on a porté l'im-
pudence du zèle à un excès rare.

C'est un exemple non moins curieux de
l'absurdité où la fureur du dogme peut entraîner même un bon esprit, que ce mot
du célèbre Tilotson : la véritable raison
pour laquelle un homme est athée, c'est
qu'il est méchant.

Je veux que les lois civiles se trouvent
insuffisantes pour cette multitude que l'on
ne forme pas, dont on ne s'inquiète pas,
que l'on fait naître et qu'on abandonne au

hasard des affections ineptes et des habitudes crapuleuse. Cela prouve seulement qu'il n'y a que misère et confusion sous le calme apparent des vastes Etats ; que la politique, dans la véritable acception de ce mot, s'est absentée de notre terre où la diplomatie, où l'administration financière font des pays florissans pour les poèmes, et gagnent des victoires pour les gazettes.

Je ne veux point discuter une question compliquée : que l'histoire prononce ! Mais n'est-il pas notoire que les terreurs de l'avenir ont retenu bien peu de gens disposés à n'être retenus par aucune autre chose. Pour le reste des hommes, il est des freins plus naturels, plus directs, et dès-lors plus puissans. Puisque l'homme avait reçu le sentiment de l'ordre, puisqu'il était dans sa nature, il fallait en rendre le besoin sensible à tous les individus. Il fût resté moins de scélérats que vos dogmes n'en laissent ; et vous eussiez eu de moins tous ceux qu'ils font.

On dit que les premiers crimes mettent aussitôt dans le cœur le supplice du re-

mords, et qu'ils y laissent pour toujours le
trouble ; et l'on dit qu'un athée, s'il est conséquent, doit voler son ami et assassiner
son ennemi : c'est une des contradictions
que je croyais voir dans les écrits des dé-
fenseurs de la foi. Mais il ne peut y en
avoir, puisque les hommes qui écrivent
sur des choses revellées n'auraient aucun
prétexte qui excusât l'incertitude et les variations : ils en sont tellement éloignés,
qu'ils n'en pardonnent pas même l'apparence à ces profanes qui annoncent avoir
reçu en partage une raison faible et non
inspirée, le doute et non l'infaillibilité.

Qu'importe, diront-ils encore, d'être
content de soi-même si l'on ne croit pas à
la vie future ? Il importe au repos de celle-
ci, laquelle est tout alors.

S'il n'y avait point d'immortalité, pour-
suivent-ils, qu'est-ce que l'homme vertueux aurait gagné à bien faire ? Il y aurait
gagné tout ce que l'homme vertueux estime,
et perdu seulement ce que l'homme vertueux n'estime pas, c'est-à-dire ce que
vos passions ambitionnent souvent malgré
votre croyance.

Sans l'espérance et la terreur de la vie future, vous ne reconnaissez point de mobile :
mais la tendance à l'ordre ne peut-elle faire
une partie essentielle de nos inclinations,
de notre *instinct*, comme la tendance à la
conservation, à la reproduction ? N'est-ce
rien que de vivre dans le calme et la sécurité du juste ?

Dans l'habitude trop exclusive de lier à
vos desirs immortels et à vos idées célestes,
tout sentiment magnanime, toute idée
droite et pure, vous supposez toujours
que tout ce qui n'est pas surnaturel est vil;
que tout ce qui n'exalte pas l'homme jusqu'au séjour des béatitudes, le rabaisse
nécessairement au niveau de la brute ; que
des vertus terrestres ne sont qu'un déguisement misérable ; et qu'une ame bornée à
la vie présente n'a que des desirs infâmes
et des pensées immondes. Ainsi l'homme
juste et bon, qui, après quarante ans de
patience dans les douleurs, d'équité parmi
les fourbes, et d'efforts généreux que le
ciel doit couronner, viendrait à reconnaître
la fausseté des dogmes qui faisaient sa con-

solation, et qui soutenaient sa vie laborieuse
dans l'attente d'un repos céleste ; ce sage
dont l'ame est nourrie du calme de la vertu,
et pour qui bien faire c'est vivre, changeant
de besoins présens parce qu'il a changé de
système sur l'avenir, et ne voulant plus
du bonheur actuel parce qu'il pourrait bien
ne pas durer toujours, va tramer une per-
fidie contre l'ancien ami qui n'a jamais
douté de son cœur ; il va s'occuper des
moyens vils mais secrets d'obtenir de l'or
et du pouvoir ; et pourvu qu'il échappe à
la justice des hommes, il va croire que son
intérêt se trouve désormais à tromper les
bons, à opprimer les malheureux, à ne
garder de l'honnête homme qu'un dehors
prudent, et à mettre dans son cœur tous
les vices qu'il avait abhorré jusqu'alors ?
Sérieusement, je n'aimerais pas faire une
pareille question à vos sectaires, à ces
vertueux exclusifs; car s'ils me répondaient
par la négative, je leur dirais qu'ils sont
très-inconséquens, or il ne faut jamais
perdre de vue que des inspirés n'ont
pas d'excuse en cela ; et s'ils osaient

avancer l'affirmative , ils me feraient pitié.

Si l'idée de l'immortalité a tous les caractères d'un songe admirable, celle de l'anéantissement n'est pas susceptible d'une démonstration rigoureuse. L'homme de bien desire nécessairement de ne pas périr tout entier : n'est-ce pas assez pour l'affermir ?

Si , pour être juste , on avait besoin de l'espoir d'une vie future , cette possibilité vague serait encore suffisante. Elle est superflue pour celui qui raisonne sa vie ; les considérations du tems présent peuvent lui donner moins de satisfaction , mais elles le persuadent de même ; car il a le besoin présent d'être juste. Les autres hommes n'écoutent que les intérêts du moment. Ils pensent au paradis quand il s'agit des rites religieux ; mais dans les choses morales , la crainte des suites , celle de l'opinion , celle des lois , les penchans de l'ame sont leur seule règle. Les devoirs imaginaires sont fidèlement observés par quelques-uns ; les véritables sont sacrifiés par presque tous quand il n'y a pas de danger temporel.

Donnez aux hommes la justesse de l'esprit et la bonté du cœur, vous aurez une telle majorité d'hommes de bien, que le reste sera entraîné par ses intérêts même les plus directs et les plus grossiers. Au contraire, vous rendez les esprits faux et les ames petites. Depuis trente siècles, les résultats sont dignes de la sagesse des moyens. Tous les genres de contrainte ont des effets funestes, et des résultats éphémères : il faudra enfin persuader.

J'ai de la peine à quitter un sujet aussi important qu'inépuisable.

Je suis si loin d'avoir de la partialité contre le Christianisme, que je déplore ce que la plupart de ses zélateurs ne pensent guère à déplorer eux-mêmes. Je me plaindrais volontiers comme eux, de la perte du christianisme : avec cette différence néanmoins qu'ils le regrettent tel qu'il fut exécuté, tel même qu'il existait il y a un demi-siècle ; et que je ne trouve pas que ce christianisme-là soit bien regrettable.

Les conquérans, les esclaves, les poètes, les prêtres *payens* et les nourrices parvinrent

à défigurer les traditions de la Sagesse antique à force de mêler les races, de détruire
les écrits, d'expliquer et de confondre les
allégories, de laisser le sens profond et vrai
pour chercher des idées absurdes qu'on
puisse admirer, et de personnifier les êtres
abstraits afin d'avoir beaucoup à adorer.

Les grandes conceptions étaient avilies.
Le Principe de vie, l'Intelligence, la Lumière, l'Éternel n'était plus que le mari de
Junon : l'Harmonie, la Fécondité, le lien
des êtres, n'étaient plus que l'amante d'Ado-
nis : la Sagesse impérissable n'était plus
connue que par son hibou : les grandes
idées de l'immortalité et de la rémunération
consistaient dans la crainte de tourner une
roue et dans l'espoir de se promener sous
des rameaux verts. La Divinité indivisible
était partagée en une multitude hiérarchique
agitée de passions misérables : le résultat
du génie des races primitives, les emblêmes
des lois universelles n'étaient plus que des
pratiques superstitieuses, dont les enfans
riaient dans les villes.

Rome avait changé le monde, et Rome

changeait. La Terre inquiète, agitée, op-
primée ou menacée, instruite et trompée,
ignorante et désabusée, avait tout perdu
sans avoir rien remplacé ; encore endormie
dans l'erreur, elle était déjà étonnée du
bruit confus des vérités que la science
cherchait.

Une même domination, les mêmes intérêts, la même terreur, le même esprit
de ressentiment et de vengeance contre le
Peuple-roi, tout rapprochait les nations.
Leurs habitudes étaient interrompues,
leurs constitutions n'étaient plus ; l'amour
de la cité, l'esprit de séparation, d'isolement, de haine pour les étrangers, s'était
affaibli dans le desir général de résister aux
vainqueurs de la terre, ou dans la nécessité d'en recevoir des lois : le nom de Rome
avait tout réuni. Les vieilles religions des
peuples n'étaient plus que des traditions de
province : le Dieu du Capitole avait fait
oublier leurs Dieux, et l'apothéose des
empereurs le faisait oublier lui-même ;
par-tout, les autels les plus fréquentés
étaient ceux des Césars.

C'était la plus grande époque de l'histoire du monde : il fallait élever un monument majestueux et simple sur ces monumens ruinés des diverses régions connues.

Il fallait une croyance sublime puisque la morale était méconnue : il fallait des dogmes impénétrables peut-être, mais nullement risibles, puisque les lumières s'étendaient. Puisque tous les cultes étaient avilis, il fallait un culte majestueux et digne de l'homme qui cherche à agrandir son ame par l'idée d'un Dieu du monde. Il fallait des rites imposans, rares, desirés, mystérieux mais simples, des rites comme surnaturels, mais aussi convenables à la raison de l'homme qu'à son cœur. Il fallait ce qu'un grand génie pouvait seul établir, et que je ne fais qu'entrevoir.

Mais vous avez fabriqué, raccommodé, essayé, corrigé, recommencé je ne sais quel amas incohérent de cérémonies triviales et de dogmes un peu propres à scandaliser les faibles : vous avez mêlé ce composé hasardeux à une morale quelquefois fausse, souvent fort belle, et habituellement austère, seul point sur lequel vous n'ayez pas été gauches. Vous passez quelques centaines d'années à arranger tout cela par inspiration; et votre lent ouvrage, industrieusement réparé, mais mal conçu, n'est fait pour durer qu'à-peu-près autant de tems que vous en mettez à l'achever.

Jamais on ne fit une maladresse plus surprenante que de confier le sacerdoce aux premiers venus, et d'avoir une populace d'hommes-de-Dieu. On multiplia hors de toute mesure ce sacrifice auguste dont la nature était essentiellement l'unité : on parut ne voir jamais que les effets directs et les convenances du moment : on mit par-tout des sacrificateurs et des confesseurs; on fit par-tout des prêtres et des moines, ils se mêlèrent de tout, et par-tout on en trouve des troupes dans le luxe ou dans la mendicité.

Cette multitude est commode, dit-on, pour les fidèles. Mais il n'est pas bon qu'en cela le peuple trouve ainsi toutes ses commodités au coin de sa rue. Il est insensé de confier les fonctions religieuses à des millions d'individus : c'est les abandonner continuellement aux derniers des hommes; c'est en compromettre la sainte dignité; c'est effacer l'empreinte sacrée dans un commerce trop habituel; c'est avancer de beaucoup l'instant où doit périr tout ce qui n'a pas des fondemens impérissables.

LETTRE XLV.

Chessel, 27 juillet, VI.

. . . .

. . . .

Je n'ai jamais affirmé que ce fût une faiblesse d'avoir une larme pour des maux qui ne nous sont point personnels, pour un malheureux qui nous est étranger, mais qui nous est connu. Il est mort : c'est peu de chose, qui est-ce qui ne meurt pas ? mais il a été constamment malheureux et triste ; jamais l'existence ne lui a été bonne ; il n'a encore eu que des douleurs, et maintenant il n'a plus rien. Je l'ai vu, je l'ai plaint : je le respectais, il était malheureux et bon. Il n'a pas eu des malheurs éclatans : mais en entrant dans la vie, il s'est trouvé sur une longue trace de dégoûts et d'ennuis ; il y est resté, il y a vécu, il y a vieilli avant l'âge, il s'y est éteint.

Je n'ai pas oublié ce bien de campagne
qu'il desirait, et que j'allai voir avec lui,
parce que j'en connaissais le propriétaire.
Je lui disais; vous y serez bien, vous y
aurez des années meilleures, elles vous
feront oublier les autres; vous prendrez
cet appartement-ci, vous y serez seul et
tranquille. — J'y serais heureux, mais je
ne le crois pas. — Vous le serez demain,
vous allez passer l'acte. — Vous verrez que
je ne l'aurai point.

Il ne l'eut pas : vous savez comment tout
cela tourna. La multitude des hommes
vivans est sacrifiée à la prospérité de quelques-uns; comme le plus grand nombre des
enfans meurt, et est sacrifié à l'existence de
ceux qui resteront; comme des millions de
glands le sont à la beauté des grands chênes
qui doivent couvrir librement un vaste
espace. Et, ce qui est déplorable, c'est que
dans cette foule que le sort abandonne et
repousse dans les marais bourbeux de la
vie, il se trouve des hommes qui ne sauraient descendre comme leur sort, et dont
l'énergie impuissante s'indigne en s'y con-

sumant. Les lois générales sont fort belles :
je leur sacrifierais volontiers un an, deux,
dix ans même de ma vie ; mais tout mon
être, c'est trop : ce n'est rien dans la nature, c'est tout pour moi. Dans ce grand
mouvement, sauve qui peut, dit-on : cela
serait assez bien, si le tour de chacun venait tôt ou tard, ou si du moins on pouvait
l'espérer toujours : mais quand la vie s'é-
coule, quoique l'instant de la mort reste
incertain, l'on sait bien du moins que l'on
s'en va. Dites-moi où est l'espérance de
l'homme qui arrive à soixante ans sans avoir
encore autre chose que de l'espérance ! Ces
lois de l'ensemble, ce soin des espèces, ce
mépris des individus, cette marche des
êtres est bien dure pour nous qui sommes
des individus. J'admire cette providence
qui taille tout en grand ; mais comme
l'homme est culbuté parmi les rognures !
et que nous sommes plaisans de nous croire
quelque chose ! Dieux par la pensée, insectes pour le bonheur, nous sommes ce
Jupiter dont le temple est aux petites maisons ; il prend pour une cassolette d'encens

l'écuelle de bois où fume la soupe qu'on apporte dans sa loge; il règne sur l'Olympe, jusqu'à l'instant où le plus vil geolier lui donnant un soufflet, le rappelle à la vérité, pour qu'il baise la main et mouille de larmes son pain moisi.

Infortuné ! vous avez vu vos cheveux blanchir, et dans tant de jours, vous n'en avez pas eu un de contentement, pas un; pas même le jour du mariage funeste, du mariage d'inclination qui vous a donné une femme estimable, et qui vous a perdu tous deux. Tranquilles, aimans, sages, vertueux, religieux, tous deux la bonté même, vous avez vécu plus mal ensemble que ces insensés que leurs passions entraînent, qu'aucun principe ne retient, et qui ne sauraient imaginer à quoi peut servir la bonté du cœur. Vous vous êtes marié pour vous aider mutuellement, disiez-vous, pour adoucir vos peines en les partageant, pour faire votre salut : et le même soir, le premier soir, mécontens l'un de l'autre et de votre destinée, vous n'eûtes plus d'autre vertu ni d'autre consolation à attendre que la patience de vous supporter jusqu'au tombeau. Quel fut donc votre malheur, votre crime ? de vouloir le bien, de le vouloir trop, de ne pouvoir jamais le négliger, de le vouloir minutieusement et avec assez de passion pour ne le considérer que dans le détail du moment présent.

Vous voyez que je les connaissais. On paraissait me voir avec plaisir : on voulait me convertir; et quoique ce projet n'ait pas absolument réussi, nous jasions assez ensemble. C'est lui sur-tout dont le malheur me frappait. Sa femme n'était ni moins bonne ni moins estimable; mais plus faible, elle trouvait dans son abnégation un certain repos où devait s'engourdir sa douleur. Dévote avec tendresse, offrant ses amertumes, et remplie de l'idée d'une récompense future, elle souffrait, mais d'une manière qui n'était pas sans dédommagement. Il y avait d'ailleurs dans ses maux quelque chose de volontaire; elle était malheureuse par goût; et ses gémissemens, comme ceux des saints, quoique très-pénibles quelquefois, lui étaient précieux et nécessaires.

Pour lui, il était religieux sans être ab-
sorbé par la dévotion : il était religieux
par devoir, mais sans fanatisme, et sans
faiblesses comme sans momerie ; pour réprimer ses passions, et non pas pour en
suivre une plus particulière. Je n'assurerais
pas même qu'il ait joui de cette conviction
sans laquelle la religion peut plaire, mais
ne saurait suffire.

Ce n'est pas tout : on voyait comment
il eût pu être heureux ; on sentait même
que les causes de son malheur n'étaient pas
dans lui. Mais sa femme eût été à-peu-près
la même, dans quelque situation qu'elle
eût vécu : elle eût trouvé par-tout le moyen
de se tourmenter et d'affliger les autres,
en ne voulant que le bien, en ne s'occu-
pant nullement d'elle - même, en croyant
sans cesse se sacrifier pour tous ; mais en
ne sacrifiant jamais ses idées, en prenant
sur elle tous les efforts, excepté celui de
changer sa manière. Il semblait donc que
son malheur appartînt en quelque sorte à
sa nature ; et on était plus disposé à s'en
consoler et à prendre là-dessus son parti,

comme sur l'effet d'une destinée irrévocable. Au contraire, son mari eût vécu
comme un autre, s'il eût vécu avec tout
autre qu'avec elle. On sait quel remède
trouver à un mal ordinaire, et sur-tout à
un mal qui ne mérite pas de ménagement:
mais c'est une misère à laquelle on ne peut
espérer de terme, de ne pouvoir que plaindre celle dont la perpétuelle manie nous
déplaît avec amitié, nous harcèle avec douceur, et nous impatiente toujours sans se
déconcerter jamais; qui ne nous fait mal
que par une sorte de nécessité, qui n'oppose à notre indignation que des larmes
pieuses, qui en s'excusant fait pis encore
qu'elle n'avait fait; et qui avec de l'esprit,
mais dans un aveuglement inconcevable,
fait en gémissant tout ce qu'il faut pour
nous pousser à bout.

Si quelques hommes ont été un fléau
pour l'homme, ce sont bien les législateurs
profonds qui ont rendu le mariage indis-
soluble, afin que l'on fût *forcé* de s'aimer.
Pour compléter l'histoire de la sagesse humaine, il nous en manque un, qui voyant

la nécessité de s'assurer de l'homme sus-
pecté d'un crime et l'injustice de rendre
malheureux en attendant son jugement
celui qui peut être innocent, ordonne dans
tous les cas vingt ans de cachot provisoi-
rement, au lieu d'un mois de prison, afin
que la nécessité de s'y faire adoucisse le
sort du détenu et lui rende sa chaîne
aimable.

On ne remarque pas assez quelle insupportable répétition de peines comprimantes,
et souvent mortelles, produisent dans le
secret des appartemens, ces humeurs difficiles, ces manies tracassières, ces habitudes orgueilleuses à-la-fois et petites, où
s'engagent, par hasard, sans le soupçonner
et sans pouvoir s'en retirer, tant de femmes
à qui on n'a jamais cherché à faire connaître le cœur humain. Elles achèvent leur
vie avant d'avoir découvert qu'il est bon
de savoir vivre avec les hommes : elles élè-
vent des enfans ineptes comme elles ; c'est
une génération de maux, jusqu'à ce qu'il
survienne un tempérament heureux qui
se forme lui-même un caractère ; et tout

cela, parce qu'on a cru leur donner une éducation très-suffisante en leur apprenant à coudre, danser, mettre le couvert et lire les pseaumes en latin.

Je ne sais pas quel bien il peut résulter de ce qu'on ait des idées étroites, et je ne vois pas qu'une imbécille ignorance soit de la simplicité : l'étendue des vues produit au contraire moins d'égoïsme, moins d'opiniâtreté, plus de bonne-foi, une délicatesse officieuse, et cent moyens de conciliation. Chez les gens trop bornés, à moins que le cœur ne soit d'une bonté extrême, et qu'il faut rarement attendre, vous ne voyez qu'humeur, oppositions, entêtement ridicule, altercations perpétuelles ; et la plus faible altercation devient en deux minutes une dispute pleine d'aigreur. Des reproches amers, des soupçons hideux, des manières brutes semblent, à la moindre occasion, brouiller ces gens-là pour jamais. Il y a cependant chez eux une chose heureuse, c'est que comme l'humeur est leur seul mobile, si quelque bêtise vient les divertir, ou si quelque tracasserie contre

une autre personne vient les réunir, voilà
mes gens qui rient ensemble et se parlent à
l'oreille , après s'être traités avec le dernier
mépris : une demi-heure plus tard , voici
une fureur nouvelle ; un quart-d'heure
après cela chante ensemble. Il faut rendre
à de telles gens cette justice qu'il ne résulte
ordinairement rien de leur brutalité , si ce
n'est un dégoût insurmontable dans ceux
que des circonstances particulières enga-
geraient à vivre avec eux.

Vous êtes hommes, vous vous dites chrétiens : et cependant , malgré les lois que
vous ne sauriez désavouer, et malgré celles
que vous adorez , vous fomentez , vous
perpétuez une extrême inégalité entre les
lumières et les sentimens des hommes.
Cette inégalité est dans la nature ; mais vous
l'avez augmentée contre toute mesure ,
quand vous deviez au contraire travailler à
la restreindre. Il faut bien que les prodiges
de votre industrie soient une surabondance
funeste , puisque vous n'avez ni le tems ,
ni les facultés de faire tant de choses indis-
pensables. La masse des hommes est brute,

inepte et livrée à elle-même ; tous vos maux viennent de-là : ou ne les faites pas exister , ou donnez-leur une existence d'homme.

Que conclure , à la fin , de tous mes longs propos ? C'est que l'homme étant peu de chose dans la nature , et étant tout pour lui-même, il devrait bien s'occuper un peu moins des lois du monde , et un peu plus des siennes ; laisser peut-être celles des hautes-sciences qui sont sublimes , et qui n'ont pas séché une seule larme dans les hameaux et au quatrième étage ; laisser peut-être certains arts admirables et inutiles ; laisser des passions héroïques et funestes ; tâcher , s'il se peut , d'avoir des institutions qui arrêtent l'homme et qui cessent de l'abrutir, d'avoir moins de science et moins d'ignorance ; et convenir enfin que si l'homme n'est pas un ressort aveugle qu'il faille abandonner aux forces de la fatalité , que si ses mouvemens ont quelque chose de spontané, la morale est la seule science de l'homme livré à la providence de l'homme.

Vous laissez aller sa veuve dans un couvent : vous faites très-bien, je crois. C'est-là qu'elle eût dû vivre : elle était née pour le cloître , mais je soutiens qu'elle n'y eût pas trouvé plus de bonheur. Ce n'est donc pas pour elle que je dis que vous faites bien. Mais en la prenant chez vous , vous étaleriez une générosité inutile ; elle n'en serait pas plus heureuse. Votre bienfaisance prudente et éclairée se soucie peu des apparences , et ne considère dans le bien à faire , que la somme plus ou moins grande du bien qui doit en résulter.

LETTRE XLVI.

Quand le jour commence, je suis abattu ;
je me sens triste et inquiet ; je ne puis m'attacher à rien ; je ne vois pas comment je
remplirai tant d'heures. Quand il est dans
sa force, il m'accable ; je me retire dans
l'obscurité, je tâche de m'occuper, et je
ferme tout pour ne pas savoir qu'il n'a
point de nuages. Mais lorsque sa lumière
s'adoucit, et que je sens autour de moi ce
charme d'une soirée heureuse qui m'est
devenu si étranger, je m'afflige, je m'abandonne ; dans ma vie commode, je suis
fatigué de plus d'amertumes que l'homme
pressé par le malheur. On m'a dit : vous
êtes tranquille maintenant.

Le paralytique est tranquille dans son
lit de douleur. Consumer les jours de l'âge
fort, comme le vieillard passe les jours du

repos ! Toujours attendre, et ne rien espérer; toujours de l'inquiétude sans desirs,
et de l'agitation sans objet; des heures constamment nulles; des conversations où l'on
parle pour placer des mots, où l'on évite
de dire des choses; des repas où l'on mange
par excès d'ennui; de froides parties de
campagne dont on n'a jamais desiré que la
fin; des amis sans intimité; des plaisirs
pour l'apparence; du rire pour contenter
ceux qui bâillent comme vous; et pas un
sentiment de joie dans deux années! Avoir
sans cesse le corps inactif, la tête agitée,
l'ame malheureuse, et n'échapper que fort
mal dans le sommeil même à ce sentiment
d'amertumes, de contrainte, et d'ennuis
inquiets : c'est la lente agonie du cœur;
ce n'est pas ainsi que l'homme devait vivre.

5 août.

S'il vit ainsi, me direz-vous, c'est donc
ainsi qu'il devait vivre : ce qui existe est
selon l'ordre; où seraient les causes, si
elles n'étaient pas dans la nature? Il faudra

que j'en convienne avec vous : mais cet ordre de choses n'est que momentané ; il n'est point selon l'ordre essentiel , à moins que tout ne soit déterminé irrésistiblement. Si tout est nécessaire, il l'est que j'agisse comme s'il n'y avait point de nécessité : ce que nous disons est vain ; il n'y a point de sentiment préférable au sentiment contraire , point d'erreur, point d'utilité. Mais s'il en est autrement, avouons nos écarts ; examinons où nous en sommes; cherchons comment on pourrait réparer tant de pertes. La résignation est souvent bonne aux individus ; elle ne peut être que fatale à l'espèce. C'est ainsi que va le monde , est le mot d'un bourgeois quand on le dit des misères publiques ; ce n'est celui du sage que dans les cas particuliers.

Dira-t-on qu'il ne faut pas s'arrêter du beau imaginaire, au bonheur absolu ; mais aux détails d'une utilité directe dans l'ordre actuel : et que la perfection n'étant pas accessible à l'homme, et sur-tout aux hommes, il est à-la-fois inutile et romanesque de les en entretenir. Mais la nature elle-même prépare toujours le plus pour obtenir le moins. Dans mille graines, une seule germera. Nous voudrions apercevoir quel serait le mieux possible, non pas précisément dans l'espoir de l'atteindre, mais afin de nous en approcher davantage que si nous envisagions seulement pour terme de nos efforts, ce qu'ils pourront en effet produire. Je cherche des données qui m'indiquent les besoins de l'homme ; et je les cherche dans moi, pour me tromper moins. Je trouve dans mes sensations un exemple limité, mais sûr ; et en observant le seul homme que je puisse bien sentir, je m'attache à découvrir quel pourrait être l'homme en général.

Vous seuls savez remplir votre vie, hommes simples et justes, pleins de confiance et d'affections expansives, de sentiment et de calme ; qui sentez votre existence avec plénitude, et qui voulez voir l'œuvre de vos jours ! Vous placez votre joie dans l'ordre et la paix domestique ; sur le front pur d'un ami, sur la lèvre heureuse d'une femme. Ne venez point vous sou-

mettre dans nos villes à la médiocrité misérable, à l'ennui superbe. N'oubliez pas
les choses naturelles : ne livrez pas votre
cœur à la vaine tourmente des passions
équivoques ; leur objet toujours indirect,
fatigue et suspend la vie jusqu'à l'âge infirme qui déplore trop tard le néant où se
perdit la faculté de bien faire.

Je suis comme ces infortunés en qui une
impression trop violente a pour jamais irrité
la sensibilité de certaines fibres, et qui ne
sauraient éviter de retomber dans leur
manie toutes les fois que l'imagination,
frappée d'un objet analogue, renouvelle en
eux cette première émotion. Le sentiment
des rapports me montre toujours les convenances harmoniques comme l'ordre et la
fin de la nature. Ce besoin de chercher les
résultats dès que je vois les données, cet
instinct à qui il répugne que nous soyons
en vain...... Croyez-vous que je le puisse
vaincre ? Ne voyez-vous pas qu'il est dans
moi, qu'il est plus fort que ma volonté,
qu'il m'est nécessaire, qu'il faut qu'il m'é-
claire ou m'égare, qu'il me rende malheureux

reux et que je lui obéisse ? Ne voyez-vous
pas que je suis déplacé, isolé, lassé; que
je ne trouve rien, que l'ennui me tue. Je
rejette tout ce qui passe; je me presse, je
me hâte par dégoût; j'échappe au présent,
je ne desire point l'avenir; je me consume,
je dévore mes jours, et je me précipite vers
le terme de mes ennuis, sans desirer rien
après eux. On dit que le tems n'est rapide
qu'à l'homme heureux: on dit faux; je le
vois passer maintenant avec une vîtesse
que je ne lui connaissais pas. Puisse le
dernier des hommes n'être jamais heureux
ainsi !

Je ne vous le dissimule point, j'avais
un moment compté sur quelque douceur
intérieure : je suis bien désabusé. Qu'at-
tendais-je en effet? que les hommes sussent
arranger ces détails que les circonstances
leur abandonnent; usen des avantages que
peuvent offrir ou les facultés intérieures;
ou quelque conformité de caractère, établir et régler ces riens dont on ne se lasse
pas, et qui peuvent embellir ou tromper
les heures; qu'ils sussent ne point perdre

dans l'ennui leurs années les plus tolérables, et n'être pas plus malheureux par leur maladresse que par le sort lui-même; qu'ils sussent vivre! Devais-je donc ignorer qu'il n'en est point ainsi; et ne savais-je pas assez que cette apathie, et sur-tout cette sorte de crainte et de défiance mutuelles, cette incertitude, cette ridicule réserve qui étant l'instinct des uns, devient le devoir des autres, condamnaient tous les hommes à se voir avec ennui, à se lier avec indifférence, à s'aimer avec lassitude, à se convenir inutilement, et à bâiller tous les jours ensemble, faute de se dire une fois; ne bâillons plus.

En toutes choses, et par-tout, les hommes perdent leur existence; ils se fâchent ensuite contre eux-mêmes, ils croient que ce fut leur faute. Malgré l'indulgence pour nos propres faiblesses, peut-être sommes-nous trop sévères en cela; trop portés à nous attribuer ce que nous ne pouvions éviter. Lorsque le tems est passé, nous oublions les détails de cette fatalité impénétrable dans ses causes, et à peine sensible dans ses résultats.

Tout ce qu'on espérait se détruit sourdement; toutes les fleurs se flétrissent, tous les germes avortent ; tout tombe, comme ces fruits naissans qu'une gelée a frappés de mort, qui ne mûriront point, qui périront tous, mais qui végètent encore plus ou moins long-tems suspendus à la branche stérilisée, comme si la cause de leur ruine eût voulu rester inconnue.

On a la santé, l'intimité; on voit dans ses mains ce qu'il faut pour une vie assez douce : les moyens sont tout simples, tout naturels ; nous les tenons, ils nous échappent pourtant. Comment cela se fait-il? La réponse serait longue et difficile : je la préférerais à bien des traités de philosophie ; elle n'est pas même dans les trois mille *lois* de Pythagore.

Peut-être se laisse-t-on trop aller à négliger des choses indifférentes par elles-mêmes, et que pourtant il faut desirer, ou du moins recevoir, pour que les heures soient occupées sans langueur. Il y a une sorte de dédain, qui est une prétention fort vaine, mais à laquelle on se trouve entraîné sans y songer. On voit beaucoup d'hommes ; chacun d'eux, livré à d'autres goûts, est ou se montre insensible à bien des choses dont nous ne voulons pas alors paraître plus émus que lui. Il se forme dans nous une certaine habitude d'indifférence et de renoncement ; elle ne coûte point de sacrifices, mais elle augmente l'ennui. Ces riens qui pris chacun à part, étaient tous inutiles, devenaient bons par leur ensemble ; ils entretenaient cette activité des affections qui fait la vie. Ils n'étaient pas des causes suffisantes de sensations, mais ils nous faisaient échapper au malheur de n'en plus avoir. Ces biens, si faibles, convenaient mieux à notre nature, que la puérile grandeur qui les rejette, et qui ne les remplacera pas. Le vide devient fastidieux à la longue ; il dégénère en une morne habitude : et, bien trompés dans notre superbe indolence, nous laissons se dissiper en une triste fumée la lumière de la vie, faute du souffle qui l'animerait.

Je vous le répète, le tems fuit avec une vîtesse qui s'accroît à mesure que l'âge change. Mes jours perdus s'entassent derrière moi : ils remplissent l'espace vague de leurs ombres sans couleur ; ils amoncèlent leurs squelettes atténués : c'est le ténébreux simulacre d'un monument funèbre. Et si mon regard inquiet se détourne et cherche à se reposer sur la chaîne, jadis plus heureuse, des jours que prépare l'avenir ; il se trouve que leurs formes pleines et leurs riantes images ont beaucoup perdu. Leurs couleurs pâlissent : cet espace voilé qui les embellissait d'une grâce céleste dans la magie de l'incertitude, découvre maintenant à nu leurs fantômes arides et chagrins. A la lueur austère qui les montre dans l'éternelle nuit, j'en discerne déjà le dernier qui s'avance seul sur l'abîme, et n'a plus rien devant lui.

Vous souvient-il de nos vains desirs, de nos projets d'enfant ? La joie d'un beau ciel, l'oubli du monde, et la liberté des déserts !

Jeune enchantement d'un cœur vierge, qui croit au bonheur, qui veut ce qu'il desire, et ignore la vie ! Simplicité de l'es-

pérance, qu'êtes-vous devenue ? Le silence
des forêts, la pureté des eaux, les fruits
naturels, l'habitude intime nous suffisaient
alors. Le monde réel n'a rien qui remplace
ces besoins d'un cœur juste, d'un esprit
incertain, premier songe de nos premiers
printems.

Quand une heure plus favorable vient
placer sur nos fronts une sérénité imprévue, quelque nuance fugitive de paix et
de bien-être, l'heure suivante se hâte d'y
fixer les traits chagrins et fatigués, les
rides abreuvées d'amertumes qui en effacent pour jamais la candeur primitive.

Depuis cet âge qui est déjà si loin de
moi, les instans épars qui ont pu rappeler
l'idée du bonheur, ne forment pas dans ma
vie un demi-jour que je dusse consentir
à voir renouveler. C'est ce qui caractérise
ma fatigante destinée: d'autres sont bien
plus malheureux, mais j'ignore s'il fut jamais un homme moins heureux. Je me dis,
que l'on est porté à la plainte ; que l'on
sent tous les détails de ses propres misères,
tandis qu'on affaiblit, ou qu'on ignore celles

que l'on n'éprouve pas soi-même : et pourtant je me crois juste, en pensant que l'on ne saurait moins jouir, moins vivre, être plus constamment au-dessous de ses besoins.

Je ne suis pas souffrant, impatienté, irrité ; je suis lassé, abattu ; je suis dans l'accablement. Quelquefois, à la vérité, un mouvement imprévu m'élance hors de la sphère étroite où je me sentais comprimé. Ce mouvement est si rapide, que je ne puis le prévenir : ce sentiment me remplit et m'entraîne sans que j'aie pensé à la vanité de son impulsion : je perds ainsi ce repos raisonné qui éternise nos maux, en les calculant avec son froid compas, avec ses formules savantes et mortelles.

Alors j'oublie ces considérations accidentelles, chaînons misérables dont ma faiblesse a tissu le fragile lien : je vois seulement, d'un côté, mon ame avec ses forces et ses desirs, comme un principe moteur borné mais indépendant, que rien ne peut empêcher de s'éteindre à son terme, que rien aussi ne peut empêcher d'être selon sa

nature ; et de l'autre , toutes choses sur la
terre humaine comme son domaine nécessaire , comme les moyens de son action, les
matériaux de sa vie. Je méprise cette prudence timide et lente , qui pour des jouets
qu'elle travaille , oublie la puissance du
génie , laisse éteindre le feu du cœur , et
perd à jamais ce qui fait la vie pour arranger
des ombres puériles.

Je me demande ce que je fais ; pourquoi
je ne me mets pas à vivre ; quelle force
m'enchaîne , quand je suis libre ; quelle
faiblesse me retient quand je sens une énergie dont l'effort réprimé me consume ; ce
que j'attends , quand je n'espère rien ; ce
que je cherche ici, quand je n'y aime rien,
n'y desire rien ; quelle fatalité me force à
faire ce que je ne veux point, sans que je
voie comment elle me le fait faire ?

Il est facile de s'y soustraire ; il en est
tems , il le faut : et à peine ce mot est dit,
que l'impulsion s'arrête, l'énergie s'éteint ,
et me voilà replongé dans le sommeil où
s'anéantit ma vie. Le tems coule uniformément : je me lève avec dégoût , je me

couche fatigué, je me réveille sans desirs.
Je m'enferme, et je m'ennuie : je vais dehors, et je gémis. Si le tems est sombre, je
le trouve triste; et s'il est beau, je le trouve
inutile. La ville m'est insipide, et la campagne m'est odieuse. La vue des malheureux
m'afflige ; celle des heureux ne me trompe
point. Je ris amèrement quand je vois des
hommes qui se tourmentent ; et si quelques-uns sont plus calmes, je ris, en son-
geant qu'on les croit contens.

Je vois tout le ridicule du personnage
que je fais ; je me rebute, et je ris de mon
impatience. Cependant je cherche dans chaque chose, le caractère bizarre et double
qui la rend un moyen de nos misères ; et
ce comique d'oppositions qui fait de la terre
humaine une scène contradictoire où toutes
choses sont importantes au sein de la vanité
de toutes choses. Je me précipite ainsi, ne
sachant plus de quel côté me diriger. Je
m'agite, parce que je ne trouve point d'activité ; je parle, afin de ne point penser ;
je m'anime, par stupeur. Je crois même
que je plaisante : je ris de douleur, et l'on

mc trouve gai. Voilà qui va bien , disent-
ils , il prend son parti. Il faut que je le
prenne , car je n'y pourrai plus tenir.

5 août.

Je crois , je sens que tout cela va changer.
Plus j'observe ce que j'éprouve , plus j'en
viendrais à me convaincre que les choses
de la vie sont indiquées , préparées et mû-
ries dans une marche progressive dirigée
par une force inconnue.

Dès qu'une série d'incidens marche vers
un terme , ce résultat qu'elle annonce , se
trouve aussitôt un centre que beaucoup
d'autres incidens environnent avec une
tendance marquée. Cette tendance qui les
unit au centre par des liens universels ,
nous le fait paraître comme un but qu'une
intention de la nature se serait proposé ,
comme un chaînon qu'elle travaillerait à
dessein selon ses lois générales , et où nous
cherchons à découvrir , à pressentir dans
des rapports individuels , la marche , l'ordre , et les harmonies du plan du monde.

Si nous y sommes trompés, c'est peut-être

par notre seul empressement. Nos desirs
cherchent toujours à anticiper sur l'ordre
des événemens, et leur impatience ne saurait attendre cette tardive maturité.

On dirait aussi qu'une volonté inconnue,
qu'une intelligence d'une nature indéfinis-
sable nous entraîne par des apparences, par
la marche des nombres, par des songes dont
les rapports avec les faits surpassent de
beaucoup les probabilités du hasard. On
dirait que tous les moyens lui servent à
nous séduire, que les sciences occultes,
que les résultats extraordinaires de la divi-
nation, et les vastes effets dûs à des causes
imperceptibles, sont l'ouvrage de cette industrie cachée ; qu'elle précipite ainsi ce
que nous croyons conduire ; qu'elle nous
égare, afin de varier le monde. Si vous
voulez avoir un sentiment de cette force
invisible, et de l'impuissance où l'ordre
même se trouve de produire la perfection,
calculez toutes les forces bien connues, et
vous verrez qu'elles n'ont pas leur résultat
direct. Faites plus ; imaginez un ordre de
choses où toutes les convenances particu-

lières soient observées, où toutes les des-
tinations particulières soient remplies : vous
trouverez, je crois, que l'ordre de chaque
chose ne produirait pas le véritable ordre
des choses ; que tout serait trop bien ; que
non-seulement ce n'est pas ainsi que va le
monde, mais que ce n'est pas même ainsi
qu'il pourrait aller, et qu'une perpétuelle
déviation dans les détails opposés semble
être la grande loi de l'universalité des
choses.

Voici des faits sur un objet où les probabilités peuvent être calculées rigoureusement, des songes relatifs à la loterie de
Paris. J'en ai connu douze ou quinze avant
les tirages. La personne âgée qui les faisait,
n'avait assurément ni le démon de Socrate,
ni aucune donnée cabalistique : elle était
pourtant mieux fondée à s'entêter de ses
songes, que moi à l'en dissuader. La plupart furent réalisés : il y avait au moins
vingt mille à parier contre un, que l'événement ne les justifierait pas ainsi. Elle fut
séduite, elle rêva encore ; elle mit, et rien
alors ne se réalisa.

On n'ignore pas que les hommes sont trompés et par de faux calculs, et par la passion ; mais, dans ce qui peut être supputé mathématiquement, est-il bien vrai que tous les siècles croient à ce qui n'a en sa faveur qu'autant d'incidens que le hasard en doit donner ?

Moi-même qui assurément ne m'occupais guère de ces sortes de rêves, il m'est arrivé trois fois de rêver que je voyais les numéros sortis. Un de ces songes n'eut point de rapport avec l'événement du lendemain : le second en eut un aussi frappant que si l'on eût deviné un nombre sur quatre-vingt mille. Le dernier fut plus étrange : j'avais vu, dans cet ordre : 7, 59, 72, 81. Je n'avais pas vu le cinquième numéro, et quant au troisième, je l'avais mal discerné, je n'étais pas assuré si c'étoit 72 ou 70. J'avais même noté tous deux, mais je penchai pour le 72. Pour cette fois, je voulus mettre au moins le quaterne ; et je mis, 7, 59, 72, 81. Si j'eusse choisi le 70, j'eusse eu le quaterne, ce qui est déjà extraordinaire ; mais ce qui l'est bien davantage, c'est que ma note faite exactement selon l'ordre dans lequel j'avais vu les quatre numéros, porta un terne déterminé, et que c'eût été un quaterne déterminé, si, en hésitant entre le 70 et le 72, j'eusse choisi le 70.

Est-il dans la nature une intention qui leurre les hommes, ou du moins beaucoup d'hommes ? Serait-ce un de ses moyens, une loi nécessaire pour les faire ce qu'ils sont? ou bien, tous les peuples ont-ils été dans le délire, en trouvant que les choses réalisées surpassaient évidemment l'occurrence naturelle ? La philosophie moderne le nie ; elle nie tout ce qu'elle n'explique pas. Elle a remplacé celle qui expliquait ce qui n'était point.

Je suis loin d'affirmer, et même de croire positivement, qu'il y ait en effet dans la nature une force qui séduise les hommes, indépendamment du prestige de leurs passions ; qu'il existe une chaîne occulte de rapports, soit dans les nombres, soit dans les affections, qui puisse faire juger, ou sentir d'avance, ces choses futures que nous

croyons accidentelles. Je ne dis pas, cela
est : mais n'y a-t-il point quelque témérité
à dire, cela n'est pas ? *

Serait-il même impossible que les pres-
sentimens appartînssent à un mode particulier d'organisation, et qu'ils fussent im-
possibles aux autres hommes ? Nous voyons,
par exemple, que la plupart ne sauraient
concevoir des rapports entre l'odeur qu'exhale une plante, et les moyens du bonheur
du monde. Doivent-ils pour cela regarder
comme une erreur de l'imagination le sentiment de ces rapports ? Ces deux perceptions si étrangères l'une à l'autre pour plusieurs esprits, le sont-elles pour le génie
qui peut suivre la chaîne qui les unit ?
Celui qui abattait les hautes têtes des pa-

---

* « C'est une sotte présomption d'aller dédaignant
et condamnant pour faux ce qui ne nous semble pas
vraisemblable : qui est un vice ordinaire de ceux qui
pensent avoir quelque suffisance, outre la commune.
J'en faisais ainsi autrefois. . . . . . et à présent je
trouve que j'étais pour le moins autant à plaindre
moi-même. »

MONTAIGNE, *Essais*, liv. I, chap. 26.

vots, savait bien qu'il serait entendu : il.
savait aussi que ses esclaves ne le com-
prendraient point, qu'ils n'auraient point
son secret.

Vous ne prendrez pas tout ceci plus sérieusement que je ne le dis. Mais je suis las
des choses certaines, et je cherche par-tout
des voies d'espérance.

Si vous venez bientôt, cela pourra me
donner un peu de courage : celui d'attendre
toujours des lendemains est du moins quelque chose pour qui n'en a pas d'autre.

FIN DU PREMIER VOLUME.

www.ingramcontent.com/pod-product-compliance
Lightning Source LLC
Chambersburg PA
CBHW050311030726
47505CB00003B/656